春潮NOV+

回
到
分 歧
的
路
口

上辑

《浪漫的越界：夏目漱石》

《阴翳、女性与风流：谷崎润一郎》

《无力承担的自我：芥川龙之介》

《银河坠入身体：川端康成》

《厌倦做人的日子：太宰治》

日本文学名家十讲

我与世界挣扎久

杨照 著

阴翳、女性与风流
谷崎润一郎

中信出版集团｜北京

图书在版编目（CIP）数据

阴翳、女性与风流：谷崎润一郎 / 杨照著. -- 北京：中信出版社，2023.9
（日本文学名家十讲：我与世界挣扎久）
ISBN 978-7-5217-5492-6

Ⅰ.①阴… Ⅱ.①杨… Ⅲ.①谷崎润一郎(1886-1965) - 文学研究 Ⅳ.①I313.065

中国国家版本馆CIP数据核字(2023)第044647号

阴翳、女性与风流：谷崎润一郎
（日本文学名家十讲02：我与世界挣扎久）

著　　者：杨照
出版发行：中信出版集团股份有限公司
　　　　　（北京市朝阳区东三环北路27号嘉铭中心　邮编　100020）
承　印　者：河北鹏润印刷有限公司

开　　本：880mm×1230mm　1/32　　印　张：5.75　　字　数：100千字
版　　次：2023年9月第1版　　　　　印　次：2023年9月第1次印刷
书　　号：ISBN 978-7-5217-5492-6
定　　价：45.00元

总序

看待世界与时间

*

京都是一座重要的"记忆之城"，保留了极为丰富的文明记忆。罗马也是一座"记忆之城"，但罗马和京都很不一样。

罗马极其古老，到处可以感觉其古老，但也因此和现代的因素常常出现冲突。例如观光必访的特雷维喷泉"许愿池"，大家去的时候不会有强烈的违和感吗？古老而宏伟的雕刻水池被封闭在逼仄的现代街区里，再加上那么多拿着手机、相机拥挤拍照的人群，那份古老简直被淹没了。

或者是比较空旷的罗马古城，那里所见的是一大片显现时间严重侵蚀的废墟，让人漫步在荒烟蔓草之间，生出"眼看他起高楼，眼看他楼塌了"的无穷唏嘘。在这里，只有古老，没有现代，没有现实。

罗马、佛罗伦萨、威尼斯这些城市里，基本上记忆归记忆，现实归现实，在古迹或博物馆、美术馆里，我们沉浸在历史文明记忆中，走出来，则是很不一样的当前现实生活环境。相对地，在京都或巴黎能够得到的体验，却是现实与历史的融混，不会有明确的界限，现代生活与古老记忆彼此穿透。

我的知识专业是历史，我平常读得最多的是各种历史书籍，因而我会觉得在一个记忆元素层层叠叠、蓦然难以确切分辨自己身处什么时空的环境中，能产生一份迷离恍惚，是最美好、最令人享受的。

二十多年来，我一再重访京都，甚至到后来觉得自己是重返京都。我可以列出许多我想去、应该去，却迟迟还没有去的旅游目的地，其中几个甚至早有机会去但都放弃了。内蒙大草原、青藏高原、瑞士少女峰、北欧冰河与极光区，这几个地方都是大山大水、名山胜景，但也都没有人文历史的丰富背景。好几次动念要启程去看这些自然奇观，后来却总是被强大的冲动阻碍了，往往还是将时间与旅费留下来，又再回到巴黎或京都。

我当然知道在那些地方会得到自然的震撼洗礼，然而我的偏执就表现在，一想到平安神宫的神苑，或是从杜乐丽花园走向卢浮宫的那段路，我的心思就又向京都、巴黎倾斜了。我还是宁可回到有记忆的地方，有那座城市的记忆，然后又加上了我自己在那座城市里多次旅游的记忆，集体与个体记忆交错，组构了在意识中深不可测的立体内容。

*

京都有特殊的保存记忆的方式，源自一份矛盾。京都基本上是木造的，去到任何建筑景点，请大家稍微花几分钟驻足在解说牌前，不懂日文也没关系，光看牌上的汉字就好了。你一定会看到上面记载着这个地方哪一年遭到火烧，哪一年重建，哪一年又遭到火烧然后又重建……

木造建筑难以防火，火灾反复破坏、摧毁了京都的建筑、街道。照道理说，木造的城市最不可能抵挡时间，烧毁一次会换上一次不同的新风貌。看看美国的芝加哥，一八七一年经历了一场大火，将城市的原有样貌完全摧毁了，在火灾废墟上建造起新的现代建筑，才有了我们今天所认识的这个芝加哥。

京都大量运用木材，一方面受到自然环境影响，旁边的山区适合生长可以运用在建筑上的杉木；不过另一方面更重要的，是文化上模仿了中国的先例。中国传统建筑以木材而非石材构成，很难长久保存，使得留下来的古迹，时代之久远远不能和埃及、希腊、罗马相提并论。中国存留的古建筑，最远只能推到中唐，距今一千两百年，而且那还是在山西五台山的唯一孤例。

伴随着木造建筑，京都发展出一种不曾在中国出现的应对策略，那就是有意识地重建老房子。不只是烧掉或毁损了的房子尽量按照原样重建，甚至刻意将一些重要建筑有计划地每隔十年、二十年部分或全部予以再造。

再造不是"更新"，而是为了"存旧"。不只是再造后的模样沿袭再造前的，而且固定再造能够保证既有的工法不会在时间中流失。上一代参与过前面一次建造过程的工匠老去前，就带着下一代进行重造，让下一代也知道确切、详密的技术与工序。

这不是由朝廷或政府主导的做法，而是彻底渗入京都居民的生活习惯。京都最珍贵的历史收藏不在博物馆里，而在一间间的寺庙中。每一座寺庙都有自己的宝库，大部分宝库都是"限定拜观"，一年只开放几天，或是有些藏品一年只展示几天。最夸张的，像是大觉寺（侯孝贤电影《刺客聂隐娘》的拍摄取景地）有一座"敕封心经殿"，里面收藏了嵯峨天皇为了避疫祈福所写的《心经》，每逢戊戌年才会开放拜观——是的，每六十年一次！

我在二〇一八年看到了这份天皇手抄的《心经》。步入小小藏经殿堂时，无可避免心中算着，上一次公开是一九五八年，我还没出生，下一次公开是二〇七八年，我必定不在这个世界上了。这是我毕生唯一一次逢遇的机会，幸而来了。如此产生了奇特的时间感，一种更大尺度的历史性扑面而来的感觉。

*

就像爱德华·吉本（Edward Gibbon）在罗马古迹废墟间，黄昏时刻听到附近修道院传来的晚祷声，而起心动念要写《罗马帝国衰亡史》，我也是在一个清楚记得的时刻，有了写这样一套解读日本现代经典小说作家作品的想法。

时间是二〇一七年的春天，地点是京都清凉寺雨声淅沥的庭园里。不过会坐在庭园廊下百感交集，前面有一段稍微曲折的过程。

那是在我长期主持节目的台中"古典音乐台"邀约下，我带了一群台中的朋友去京都赏樱。按照我排的行程，这一天去岚山和嵯峨野，从龙安寺开始，然后一路到竹林道、大河内山庄、野宫神社、常寂光寺、二尊院，最后走到清凉寺。然而从出门我就心情紧绷，因为天公不作美，下起雨来，气温陡降，而且有几个团员前一天晚上逛街时走了很多路，明显脚力不济。我平常习惯自己在京都游逛，合理的做法应该是改变行程，例如改去有很多塔头的妙心寺或东福寺，可以不必一直撑伞走路，密集拜访多个不同院落，中午还可以在寺里吃精进料理，舒舒服服坐着看雨、听雨。但配合我、协助我的领队林桑[1]告诉我，带团没有这种随机调整的空间。我们给团员的行程表等于是合约，没有照行程走就是违约，即使当场所有的团员都同意更改，也无法确保回台湾后不会有人去"观光局"投诉，那么林桑他们的旅行社可就要吃不完兜着走了。

好吧，只好在天气条件最差的情况下走这一天大部分都在户外的行程。下午到常寂光寺时，我知道有一两位团员其实体力接近极限，只是尽量优雅地保持正常的外表。这不是我心目中应该要提供心灵丰富美好经验的旅游，使我心情沮丧。更糟的是再往下走，到了二尊院门口才知道因为有重要法事，这一天临时不对游客开放。在当时的情况下，这意味着本来可以稍微躲雨休息的机会也被取消了，大家别无办法，只好拖着又冷又疲累的身子继续走向清凉寺。

清凉寺不是观光重点，我们到达时更是完全没有其他访客。

1　桑：日语音译，"先生"。（本书注释如无特别说明，均为编者注。）

也许是惊讶于这种天气还有人来到寺里参观吧，连住持都出来招呼我们。我们脱下了鞋走上木头阶梯，几乎每个人都留下了湿答答的脚印，因为连鞋里的袜子也不可能是干的。住持赶紧要人找来了好多毛巾，让我们在入寺之前可以先踩踏将脚弄干。过程中，住持知道我们远从台湾来，明显地更意外且感动了。

入寺在蒲团上坐下来，住持原本要为我们介绍，但我担心在没有暖气、仍然极度阴寒的空间里，住持说一句领队还要翻译一句，不管住持讲多久都必须耗费近乎加倍的时间，对大家反而是折磨。我只好很失礼地请领队跟住持说，由我用中文来对团员介绍即可。住持很宽容地接受了，但接着他就很好奇我这位领队口中的"せんせい"（老师）会对他的寺庙做出什么样的"修学说明"。

我对团员简介清凉寺时，住持就在旁边，央求领队将我说的内容大致翻译给他听，说老实话，压力很大啊！我尽量保持一贯的方式，先说文殊菩萨仁慈赐予"清凉石"的故事，解释"清凉寺"寺名的由来，接着提及五台山清凉寺相传是清朝顺治皇帝出家的地方，是金庸小说《鹿鼎记》中的重要场景，再联系到《源氏物语》中光源氏的"嵯峨野御堂"就在今天京都清凉寺之处。然后告诉大家这是一座净土宗寺院，所以本堂的布置明显和临济禅宗寺院很不一样，而这座寺庙最难能可贵的是有着中空躯体里塞放了绢丝象征内脏的木雕佛像，相传是从中国漂洋过海而来的。最后我顺口说了，寺院只有本堂开放参观，很遗憾我多次到此造访，从来不曾看过里面的庭园。

说完了，我让团员自行参观，住持前来向我再三道谢，惊讶于我竟然对清凉寺了解得如此准确，接着又向我再三致歉。我一时不知道他如此恳切道歉的原因，靠领队居中协助，才弄清楚了，住持的意思是抱歉让我抱持了多年的遗憾，他今天一定要予以补偿，所以找了人要为我们打开往庭园的内门，并且准备拖鞋，破例让我们参观庭园。

于是，我看着原本未预期看到的素雅庭园，知道了如此细密修整的地方从来没打算对外客开放，那样的景致突然透出了一份神秘的精神特质。这美不是为了让人观赏的，不是提供人享受的手段，其自身就是目的，寺里的人多少年来，几十年甚至几百年间，日复一日毫不懈怠地打扫、修剪、维护，他们服务的不是前来观赏庭园的人，而是庭园之美自身，以及人和美之间的一种恭谨的关系，那一丝不苟的敬意既是修行，同时又构成了另一种心灵之美。

坐在被水汽笼罩的廊下，心里有一种不真实感。为什么我这样一个深具中国文化背景的台湾人，能在日本受到尊重，能够取得特权进入、凝视、感受这座庭园？为什么我真的可以感觉到庭园里的形与色，动中之静、静中之动，直接触动我，对我说话？我如何走到这一步，成为这个奇特经验的感受主体？

在那当下，我想起了最早教我认识日语、阅读日文，自己却一辈子没有到过日本的父亲。我想起了三十年前在美国遇到的岩崎教授，仿佛又看到了她那经常闪现不信任、怀疑的眼神，在我身上扫出复杂的反应。

*

我在哈佛大学上岩崎老师的高级日文阅读课，是她遇到的第一个中国台湾研究生。我跟她的互动既亲近又紧张。亲近是因她很早就对我另眼看待，课堂上她最早给我们的教材立即被我看出来处：一段来自村上春树的《且听风吟》，另一段来自日文版的海明威小说集《我们的时代》。她要我们将教材翻译成英文，我带点恶作剧意味地将海明威的原文抄了上去。她有点恼怒地在课堂上点名问我，刚发下来的几段教材还有我能辨别出处的吗。不巧，一段是川端康成的掌中小说[1]，另一段是吉行淳之介的极短篇，又被我认出来了。

从此之后岩崎老师当然就认得我了，不时会和我在教室走廊或大楼的咖啡厅说说聊聊。她很意外一个从台湾来的学生读过那么多日文小说，但另一方面，她又总不免表现出一种不可置信的态度，认为以我一个非日本人的身份，就算读了，也不可能真正理解这些日本小说。

每次和岩崎老师谈话我都会不自主地紧绷着。没办法，对于必须在她面前费力证明自己，我就是备感压力。她明知道我来修这门课，是不想耗费时间在低年级日语的听说练习上，因

---

1 掌中小说：又译"掌小说"，日本文学概念，指极为短小的小说。

为我的日语会话能力和日文阅读能力有很大的落差，但她还是不时会嘲笑我的日语，特别喜欢说："你讲的是闽南语而不是日语吧！"因此我会尽量避免在她面前说太多日语，坚持用英语与她讨论许多日本现代的作家与作品。

她不是故意的，但是一个中国学生在她面前侃侃而谈日本文学，常常还是让她无法接受。愈是感觉到她的这种态度，我就愈是觉得自己不能放松、不能输。这不是我自己的事了，对她来说，我就代表中国台湾，我必须争一口气，改变她对于中国人不可能进入幽微深邃的日本文学心灵世界的看法。

那一年间，我们谈了很多。每次谈话都像是变相的考试或竞赛。她会刻意提及一位知名作家，我会提及我读过的这位作家的相应作品，然后她像是教学般地解说这部作品，而我刻意地钻洞找缝隙，非得说出和她不同，同时能说服她接受的意见。

这么多年后回想起来，都还觉得好累，在寒风里从记忆中引发了汗意。不过我明白了，是那一年的经验，让我得以在历史的曲折延长线上培养了这样接近日本文化的能力。我不想浪费殖民历史在我父亲身上留下，又传给了我的日文能力，更重要的是，我拒绝自己因为中国人的身份，而被认为在对日本文化的吸收体会上，必然是次等的、肤浅的。

于是那一刻，我有了这样的念头，要通过小说家及作品，来探究日本——这个如此之美，却又蕴含如此暴烈力量，同时还曾发动侵略战争的复杂国度。这不是一个单纯的"外国"，而是盘旋在中国台湾历史上空超过百年、幽灵般的存在。

在清凉寺中，我仿佛听到自己内心如此召唤："来吧，来将那一行行的文字、一个个角色、一幕幕情节、一段段灵光闪耀的体认整理出意义吧。不见得能回答'日本是什么'，但至少能整理出叩问'我们该如何了解日本'的途径吧。"我知道，毋宁说是我相信，我曾经付出的工夫，让我有这么一点能力可以承担这样的任务。

*

写作这套书时，我有意识地采取了一种思想史的方式来讲述这些作家与作品。简而言之，我将每一本经典小说都看作是这位多思多感的作家，在自己所处的时代中遭遇了问题或困惑后因而提出的答案。我一方面将小说放回他一生前后的处境中进行比对，另一方面提供当时日本社会的背景及时代脉络，以进一步探询那原始的问题或困惑。如此我们不只看到、知道作者写了什么、表现了什么，还可以从他为什么写以及如何表现的人生、社会、文学抉择中，受到更深刻的刺激与启发。

另外，我极度看重小说写作上的原创性，必定要找出一位经典作家独特的声音与风格。要纵观作家的大部分主要作品，整理排列其变化轨迹，才能找出那种贯穿其中的主体关怀，将各部小说视为对这主体关怀或终极关怀的某种探测、某种注解。

在解读中，我还尽量维持了作品的中心地位，意思是小心避免喧宾夺主，以堆积许多外围材料、高深说法为满足。解读必须始终依附于作品存在，作品是第一位的、首要的，我的目的是借由解读，让读者对更多作品产生好奇，并取得阅读吸收的信心，从而在小说里得到更广远或更深湛的收获。

抱持着为中文读者深入介绍日本文学与文化的心情，重读许多作家作品，又有了一番过去只是自我享受、体会时没有的收获——可以称之为"移位抚情"的作用。正因为二十世纪的现代日本走了和中国几乎对立、相反的道路，日本人民在那样的社会中所受到的心灵考验，反映在文学上的，看似必定与我们不同，然而内在却又有着惊人的共通性。

他们看待世界的方式，尤其是他们看待时间在建设与毁坏中的辩证，和我们如此不同。然而，被庞大外在时代力量拖着走，努力维持个人一己生命的独立与尊严性质，这种既深刻又幽微的情感，却又与我们如此相似。阅读日本文学，因而有了对应反照的特殊作用，值得每一位当代中文读者探入尝试。

在这套书中，我企图呈现从日本近代小说成形到当今的变化发展，考虑自己在进行思想史式探究中可能面临的障碍，最后选择了十位生平、创作能够涵盖这段时期，而且我有把握进入他们感官、心灵世界的重要作家，组织起相对完整的日本现代小说系列课程。

这十位小说家，依照时代先后分别是：夏目漱石、谷崎润一郎、芥川龙之介、川端康成、太宰治、三岛由纪夫、远藤周作、大江健三郎、宫本辉和村上春树。每位作者我有把握解读的作品多寡不一，因而成书的篇幅也相应会有颇大的差距。川端康成和村上春树两本篇幅最长，其次是三岛由纪夫，当然这也清楚反映了我自己文学品味上的偏倚所在。

虽然每本书有一位主题作家，但论及时代与社会背景，乃至作家间的互动关系，难免有些内容在各书间必须重复出现，还请通读全套解读书目的朋友包涵。从十五岁因阅读川端康成的小说《山之音》而有了认真学习日文、深入日本文学的动机开始，超过四十年时间浸淫其间，得此十册套书，借以作为中国与日本之间复杂情仇纠结的一段历史见证。

目录

前言

还原谷崎崇尚古典的
深沉面目

我从二〇〇九年开始，在台中"古典音乐台"和台北"Bravo 91.3 电台"主持一个叫作《阅读音乐》的节目。十多年间，节目形态有过几次改变，最近几年每周节目中播放的基本上是我选择的古典音乐曲目，配以文学经典作品的朗读。因而我得以有很特别的机会，用最有耐心的方式，不只是一段一段地阅读《源氏物语》，而且思考小说中的内容可以或应该搭配什么样的音乐。

　　当然不可能让每一段朗读的内容都和乐曲有关联，但我尽量去想象听众随着语言进入故事的悠远意境后，会如何影响在抽象音乐中所领受的；或是倒过来，刚听完一段音乐，将如何微妙地改变听众对于《源氏物语》情节或场景的认知。

　　每个星期只朗读几页内容，等于是让小说中的时间，和我阅读的时间比例放宽、放慢了。如此产生的效果极为神奇，和之前在一个月内读完林文月的中文译本，或花了几个月和濑户内寂听的现代日语译本缠斗的感受完全不一样。我终于能够闲散地步入那样一个独特的物语世界，不只是弄清楚了每个人物和源氏间的关系，还理解并深深认同紫式部选择讲故事的方式——何处选择简省，何处啰唆多语。

　　连带地，我对谷崎润一郎的《细雪》有了很不一样的阅读体会。通过《源氏物语》的那个世界，我清楚意识到自己总算从市川昆唯美镜头中的《细雪》过渡到了谷崎润一郎以"和文体"创造的那个《细雪》，电影和小说多么不同！

这对我来说是一个很有成就感的进阶提升，刺激着我比较全面地去阅读并思考谷崎润一郎的作品。在我的认知标准中，思考的态度与单纯阅读的态度最大的不同之处在于：第一，必须放下在文学或美学上的好恶；第二，必须将作品与作者的人生旅程、时代变化进行匹配对照，理顺创作前后的轨迹。

从阅读欣赏转至思考探究，在看待谷崎润一郎的作品时格外重要。诚实地说，谷崎润一郎的许多"奇情"作品一直无法激起我的兴趣，不只和我的基本美学信念有很大差距，而且我总觉得只要稍微进行小说技法上的分析，就能找到许多破绽与疏漏。因而我对于中文出版以他的"奇情"为卖点，也实在无法苟同。

用读"奇情"小说寻求刺激的方式，绝对无法读《细雪》；没有读过、读进《细雪》，又绝对不能算是认识、了解了身为小说家的谷崎润一郎。具备了一点《源氏物语》的古典配备之后，我鼓起勇气来，产生了一个自我课题，我要尽可能地说明《细雪》和谷崎润一郎其他作品的关键差异之处，并且解释为什么会有如此巨大的差异；更进一步，我希望借由我的导读，将谷崎润一郎从那样粗俗的"奇情"形象中解放出来，还他一个崇敬日本古典含蓄、阴翳之美的深沉面目。

聚焦《细雪》来了解谷崎润一郎，必然无可避免地涉及日本关东与关西的对比，当然会提到全世界我最熟悉又最珍爱的两座城市之一——京都，因而在"诚品讲堂"授课时难免多说了一些京都美学与《细雪》间的关系，乃至于再多说了一些从京都经验而来的感慨。这本书的内容主要脱胎于那次"诚品讲堂·现代经典细读"的五堂课程，整理改写时经过一番考虑挣扎，最后还是决定保留了一部分看似题外话的内容，但我相信读者在通读全书之后，应该会同意那不完全是无关的闲聊跑野马，而是换一种方式，让大家可以把当前的现实生活和平安时代、《源氏物语》、"阴翳美学"相互扣搭。

第一章

谷崎润一郎的
创作背景

从《细雪》的关西腔谈起

谷崎润一郎最有名的作品，是长篇小说《细雪》。这是一部很难通过影视改编，甚至很难通过翻译来欣赏的作品。对于无法以原文来阅读的经典著作，我一贯的方式、一贯的建议，是尽量多搜集不同文字、不同版本的译本。没有任何一个译本是完美的，然而如果有三四个中文译本，也许再加上一个英文译本，把各个译者不同的理解、不同的侧重拼凑起来，就足可以让我们趋近作者原本文字中所要表达的理性与感性内容。

不过《细雪》有另外一项特殊的障碍——谷崎润一郎刻意在小说中，尤其是对话上，加入了日本关西腔。小说中四姐妹每一次开口说话，动不动就夹带关西腔特有的"哼嗯"。这很麻烦，因为真的没办法翻译。听起来就是个语词，但在关西腔的日语中，绝对不是没有意义的。在不同的上下文间，这么一声"哼嗯"可以表达出很多不一样的意思，可以是惊讶、感慨、同意、反对、质疑、犹豫等等。常常，句子里最重要的语意不是用任何字词说出来的，而是靠"哼嗯"含蓄表示。

"哼嗯"的意思存在于对话的人之间，其沟通方式既依赖两人（或更多人）之间的默契，有时甚至依赖彼此的隔阂。话到底说了没，端视对方如何接收这细微复杂的"哼嗯"，活在那样语言情境里的人立即能体会其中的细微复杂，但离开了那个情境，"哼嗯"就失去了作用。

还有，《细雪》不只在声音上用了关西腔，字句的文法也是关西腔的。有些中文介绍会提到谷崎润一郎不太用标点符号，写出来的句子很长，其实那就是沿用、模仿关西腔连绵不断的说话风格而来的。

一直到今天，京都人说最基本的"谢谢"都习惯用"おおきに"而不是我们常用的"ありがとう"[1]，去京都你如果说出"おおきに"一般都会得到明显亲切的对待。东京人也都对关西腔格外敏感，觉得一方面有点古旧、有点落伍，但另一方面又带着华丽贵族的气息。

因为关西腔源自"上方"，即天皇所居所在之处，最特别、最麻烦的是关西腔中繁复的敬语，讲究到连语气的上升下降都有等级差异。这绝对是在历史沉淀累积的贵族生活中才可能形成的。在两百多年中掌握实际权力的江户幕府看来，那当然带有高度装腔作势的表演性质，所以他们一方面觉得虚伪做作，但另一方面又不免对之抱以敬畏羡慕的态度。

对比关西腔，江户文化自认为比较直接、比较真诚，但又必须承认关西腔比较古雅，因而构成了很复杂的语言权力关系。

我能够以日文阅读大部分的日本近代文学作品，然而遇上

1　日语"ありがとう"（arigatou）意为"谢谢"，而"おおきに"（ookini）为关西地区用于表示感谢的方言。

了关西腔就只能投降。我从十五岁开始，和我父亲学日语，我并不知道自己学到的是日本战前的九州岛腔。后来学到日本殖民史才知道，日据时期来到台湾的日本人，很大比例是从最南方、最靠近中国南部，同时也是在日本相对边缘的九州岛来的。他们有较大的动机离乡背井来到殖民地台湾。在日本，他们处于边缘地带，是比本州岛、关东、关西人都矮一截的日本人，一旦移居台湾，就变成了压在台湾人身上、高人一等的殖民者。所以在总督府和教育机构里都有很多九州岛人，九州岛腔因而在台湾极为流行。

大学二年级的时候，我去上谢丰地正枝老师的日语课，有一次被老师要求念课文，我还没念完，平日总是优雅庄重的丰地老师竟然在讲台上忍不住掩口一直笑。我当然很尴尬，但老师好像比我更尴尬。她不断向我道歉，不得不解释她会笑是因为看到我明明是个年轻学生，却满口战前的九州岛腔，应该是她上一辈的欧里桑（大叔）才会有的腔调啊！太不协调了，这让没有心理准备的她大笑出声。

所以真没办法，我学到的日语，在日本的语调位阶上，几乎是处于最底层的，而谷崎润一郎之所以用关西腔写《细雪》，是因为关西腔源自京都，在位阶上是最高的。

谷崎版的《新新译〈源氏物语〉》

后来我到了美国哈佛大学，进了由历史系和东亚系合开的博士班，因而必须依照东亚系的规定，通过日文的考核。这是哈佛大学东亚系的特殊传统，无论学生研究的领域是日本、中国还是韩国，都必须对于日文精通到一定程度才能毕业。理由是在整个东亚研究的范围内，日本都有非常杰出、不容忽视与错过的成果，因而要成为这些领域里称职的学者，一定要能阅读日文书籍、论文，最好也要能和日本同行学者沟通。

我的日文阅读能力早超过了系里的要求，但我的日语听说能力却远远落后。这很麻烦。如果我去参加考试，很可能会因为听说能力不足，而被要求必须去上第二年，甚至第一年的日文课，那会多无聊、多浪费时间啊！

于是我找到了不同的方式，我去申请修第五年的日文课。到了第五年的等级，课程的重点放在阅读上，岩崎春子老师给了一篇日文文本，我轻松地就翻译出来了。交卷时和老师说了几句话，我还准确地辨认出那一段文字来自村上春树的第一本小说《且听风吟》，把岩崎老师吓了一跳。

我进了五年级班，只要上完五年级的课，也就达成系里的日文水平要求了。不过真的上了课，我发现自己的预期和现实还是有些出入。第一是，五年级的日文课有一部分的内容是古日文，来自传统"物语"[1] 的选文，我过去从来没有接触过；第二是，虽然这个班上不强调会话，但让我痛苦的是时不时还是得念课文。

班上其他美国同学都是按部就班念上来的，在过程中花了很多时间学习那些对他们来说复杂繁乱得不得了的汉字，包括学习、记下这些汉字的日语发音，我却没办法。我阅读的时候早就认识了所有的汉字，根本不会去管这些汉字在日语中到底怎么读，于是当没有假名注音时，我就只能用猜的去念那些汉字。所以常常被岩崎老师笑："同学，你念的不是日语啊，比较像闽南语吧！"

不过也许因为这样，我和岩崎老师的关系比较轻松，有时在学校咖啡厅或餐厅遇到了也会一起喝咖啡或吃午餐聊聊天。有一次，我心血来潮就问岩崎老师："我有没有可能将来靠自修阅读《源氏物语》？"

岩崎老师很认真地看待我的问题。她告诉我："很难，但不是不可能。"然后她就给我布置了作业，叫我先去图书馆找《谷崎新新译〈源氏物语〉》，从第一帖读到第十帖，看看对于那样的文字有没有能力读进去。

所谓的《谷崎新新译〈源氏物语〉》，就是谷崎润一郎用现代日语翻译的版本。我读了一点点，不得不去告诉老师，好难，很多地方我都无法明确知道句子到底在讲什么，甚至无法

---

1 "物语"（ものがたり）狭义上指日本传统古文学体裁中的一种。

弄清楚句子的文法结构。

老师看着我指出的段落，她笑了："啊，难怪，这是关西腔啊！"谷崎润一郎很自然地用关西腔来翻译平安时代发生在京都的《源氏物语》的故事与对话。岩崎老师不无遗憾地告知我：像我这样的外国人（大概也考虑了我学习日语的态度），应该是一辈子都没机会进入谷崎这种关西腔的世界了。

那也只好放弃。但如果不懂关西腔，要如何读《细雪》？一种方式是在阅读中随时保持警觉，知道自己通过翻译读到的，和谷崎润一郎真正写的，有微妙的差距。另一种方式是，费一点工夫先了解关西腔对谷崎有多重要，他为什么要用关西腔来写这部小说。

关西腔、女性与奇情

谷崎润一郎写过一篇文章，对于我们理解他所使用的语言很有帮助。看起来像是一篇随笔、游戏之作，漫谈大阪与大阪的女人，不过文章中很长一段在讲关西腔，这范围就不限于大阪，而是连京都、神户等地都包括在内。

体会关西腔特殊之处的一种方式，是对照东京人讲的关东腔。他说：东京女人说话，像是三味线（日本传统乐器）的声音，非常清丽，然而也仅止于干净漂亮。所以东京女人说话没有宽度、没有厚度，尤其最重要的，没有黏度。对比之下关西腔的特点就是有宽度、厚度和黏度。

东京女人和男人吵架时，用那样的语言会将话说得很清楚，但也必然很刻薄，因为她们的语言里没有"弦外之音"，讲什么就是什么，没有言外之意。

关西腔不是这样，说出来的语言永远让人感觉到底下或后面还有没说出来的。关西腔因而最适合用来讲"不能够或不应该直说的话"。这不只是迂回，而是会基于表达的不同程度，产生不同的意思。

谷崎说：在大阪最奇特的一件事，就是和一般人在寻常谈话中，都可以谈到"性"，即使是和女人交谈也都可以。那就是因为关西腔带来的余韵，讲的时候运用言外之意，于是即使谈的是"性"，仍然可以不失风雅，不会让对话中的任何一方感到尴尬。

这篇文章点出了关西腔在谷崎心中的地位与作用，尤其是在他的小说作品中扮演的关键角色。他在意两性间的身体、欲望关系，所以要找到一种能够以文学厚度来描述、来探讨"性"的方式，关西腔语言是他刻意选择的工具。

从大正时代到昭和初期，一度有读者、评论者对于夏目漱石的小说有如下看法：他们专注于夏目漱石如何表现女人，认为他笔下的女人不真实，不是日本社会中确实存在的典型女性形象，她们太大胆，不受世俗人情拘束，显现出一种解放了的魅力，因而特别吸引男人。

在《三四郎》里，三四郎被美祢子的形象震撼了，甚至因此重新检讨自己和世俗生活之间的关系，最后却又挫败地发现自己并不理解美祢子，无法预测、无法了解她为什么会做出回到"人情"世界里的决定。

和夏目漱石一样，谷崎润一郎也不写传统的、典型的日本女性，不写在世故人情中保守、维持外表礼仪的那种女性。谷崎润一郎也写具备特殊野性、能突破传统能量的女人。

然而和谷崎润一郎笔下的女性角色相比，夏目漱石的手法就显得太保守、太胆小了。谷崎润一郎的女性角色，浑身上下都是欲望。她们散发着欲望，对于男人有着高度诱惑力。在他绝大部分的小说里，每当出现两性互动的情节，几乎都以女人为主，甚至是由女人主动的。

另外，谷崎润一郎还探入了更禁忌的、两性欲望上的 SM 关系——虐待与被虐交错混杂的言语与行动。而且在这样的非常态关系中，往往女人是虐待的一方，男人陷在受虐的畸形快感执迷里。

谷崎润一郎小说中常见的一个主题是，女人如此狂野、妖艳，相形之下男人被压缩、矮化为一个被动的欲望追求者。男人能得到的快感，绝对不是征服，如果要征服，就无从接近、无从享受女人的野性之美了。于是男人落入被女人在欲望上压制的关系中，得到痛苦的快乐。痛苦同时也是最大的快乐，无

16

法在别的地方找到的快乐，因而他也就无法摆脱这份自寻的痛苦。

主体、主动的是女人，然而小说却又是从男性的角度书写的，于是一条叙述的主线是男人如何折磨、扭曲自我意识，进而放弃自我。放弃自我才能得到与女人之间的至乐。

"物语"与女性传统

谷崎为什么写这样的小说？其中一个文学源头，是《源氏物语》。

我在美国读的是《谷崎新新译〈源氏物语〉》，这样的书名指向了之前另有一部《谷崎译〈源氏物语〉》，才接着有《谷崎新译〈源氏物语〉》，到"新新译"，已经是第三部修订的版本了。

从第一版到第三版，谷崎在这上面前后花了三十年的时间，将原本平安时代女性所使用的特殊古日语翻译成现代日文。然而即使是用现代日文翻译的，谷崎润一郎的译本仍然不容易读。至少对我来说，比濑户内晴美（出家后改名濑户内寂听）的版本难得多了。

《源氏物语》的现代日文翻译改写，有几个重要的版本。最早进行尝试的是与谢野晶子，后来有圆地文子，然后才是濑户内晴美。这三位译者的共同特点是，都是女性，自身都有杰出的文学创作成就。假若不算纯粹学术性的译本，目前为止在日本一般读者可选择的《源氏物语》版本中，只有谷崎润一郎版是男性译者，其他都出于女性作家之手。

不只因为《源氏物语》的作者紫式部是女性，更重要的是其文字与形式在日本都是属于女性的。平安时代将外来传入的汉字视为较高级，主要由男性学习，并在官方、公开的场合带有表演意味地使用。至于假名拼音形式的书写[1]，则相对是私人的，是属于家户内部与亲密关系的，因而和女性相称。

而平安时代的"物语"，是一种特殊的说故事方式，源自看图说话，有一张或几张图画放在眼前作为指引、依据，所以称为"物语"。希腊的史诗源自盲诗人荷马，也就是源自记诵下来的声音，借由各种声音上的特殊安排，能让说书人记得庞大复杂的故事。"物语"却是以画为核心，有的画粗糙一点，有的精致一点，听故事的人一边围着画、看着画，一边听说书人解释画中的情境与动作。

因而"物语"创造出来的环境，不只是说故事的人和听故事的人彼此贴近，所有听故事的人也必然挤在一起。这种特殊形式产生于宫中或大户人家的女性之间，她们闲暇无事时就聚在一起，由她们之中会画图的人画了图，会说故事的人看图说话来提供娱乐。

---

1 此处指平假名，是表音符号的一种，为了书写和歌、物语而生。早期为日本女性专用，又称"女文字"，后随着《源氏物语》的流行，日本男人也开始接受和使用。

"物语"有着女性渊源与女性传统。有人将日本的"物语"解释、比拟为"说书"，那就忽略了关键的性别差异——中国的"说书"基本上是讲给男人听的故事，而且一般是在公开的空间里说的；但日本的"物语"最早却是在私密空间里，大家彼此都认识的情况下，由女人讲给女人听的。

《源氏物语》中的"美人"，值得被爱恋、追求的对象，都是男人，讲述的是光源氏及其近旁几个男人的各种女性情缘。而且形式是一帖一帖的，每一帖就是一张或几张图画故事。因为是宫中女性说给其他女性听的，所以充满了生活细节，并且清楚反映了封闭贵族环境里的纤细复杂，和来自平安时代贵族文化璀璨的背景。

对抗自然主义

为什么大男人谷崎润一郎会对《源氏物语》如此着迷，前后花了三十年时间，三度翻译这部作品？虽然他开始写小说的时间早于翻译《源氏物语》，不能说是《源氏物语》启发、影响了他写小说，然而一边保持小说创作，一边费心翻译《源氏物语》，长期维持如此的平行活动，一定程度上说明了谷崎润一郎是一个什么样的小说家，他又都写了什么样的小说。

谷崎润一郎的文学资历略晚于夏目漱石，不过两人同属

"反自然主义"的阵营。"自然主义"带有高度的舶来性质，是从法国引入的新鲜风格，其作者与读者基本上都是男性。这样的作品，保持了和日本传统的一定距离，甚至以其异于日本传统的性质产生了对读者的号召。

夏目漱石、谷崎润一郎他们开始写作小说时，"自然主义"在日本文坛是主流，但是"自然主义"强调以遗传与环境来建构和解释人物沦落至社会底层的遭遇，很容易形成公式，乃至创造力枯竭，涌现了大量同质化的作品。

夏目漱石和谷崎润一郎都不满于这种平庸的、近乎哗众取宠的文学流行风气，而谷崎润一郎比夏目漱石更自觉地反抗自然主义。他从一开始就提出了一种打破自然主义的小说写作方向，就是"奇情"。

小说不应该像自然主义主张的那样，写每一个人在遗传与环境控制下成长为类似的社会一分子的过程。值得写在小说中的，应该是一般人不会有或一般人不敢承认的奇特遭遇与奇特感情。以夏目漱石的美学观念来比拟的话，就是"非人情"：一个人想要离开社会规范的冲动，在追求"非人情"中所得到的经验与感受。

不过夏目漱石追求的是一种比较全面、普遍的生命态度，谷崎润一郎则更偏、更奇。他要以虚构小说去挖掘的，是人内在的某种反社会的个性，平日潜藏着，连自己都无法察觉，却被意外的事件逗引出来，才惊讶地发现自己的这一面，然后必须挣扎处理、安顿这份"奇情"。

谷崎润一郎迷恋女人的脚，在小说中也多次表现过这种古怪的执迷。这是典型的"奇情"。一般男人习惯用和大家一样的眼光看女人，看她的容貌、穿着、打扮，看她的身材而产生不同程度的情欲冲动，然而其中有人却长了"奇情"之眼，最吸引他注意的是女人的双脚，对于脚的注意与欣赏，超过一切。他甚至不只是欣赏女人的脚，而且特定的脚的形状之美，会在他心中引发狂喜，在那一瞬间其重要性似乎超越了世界上一切事物。

对于脚的迷恋只是一种表现的手段，真正重要的是"奇情"。谷崎润一郎热衷于挖掘各式各样的人间怪奇经验、怪奇欲望。

文坛风波与"让妻事件"

一九二七年，谷崎润一郎和当时新兴的小说家芥川龙之介曾有过一场论战。这源于芥川龙之介的一篇挑衅文章，讨论"不可取的小说"。什么样的小说是"不可取"的？也就是小说不能怎么写？他提出了一条标准是：以情节为主的小说。

芥川龙之介不客气地以当时已经成名的谷崎润一郎为例，认为谷崎小说中填塞了太多怪奇的情节，以至于读者都只被情节吸引，小说就无法承载其他的信息，无法传递更深刻的思想或感动了。

很明显地，到这个时候，"奇情"成了谷崎润一郎的特色，他具备了"奇情派"宗师的地位，才会引来芥川龙之介的指名批判。谷崎不只是小说中有很多"奇情"内容，甚至连他对外揭露的真实人生经历，都充满了"奇情"遭遇。

在他的感情与婚姻上，他简直就像是从夏目漱石的小说《后来的事》《门》里脱化出来的角色，甚至看起来像是他刻意将自己活成了本应该只在小说中出现的人物。

小说《后来的事》中的女主角叫三千代，而谷崎润一郎的第一任妻子叫千代。千代嫁给谷崎之后，谷崎却迷恋上了千代的妹妹，也就是小姨子圣子。和小姨子发展暧昧关系时，当然就忽略、冷落了妻子千代。这时候经常进出谷崎家的一位学弟、好友，也是日本文学史上的重要作家——佐藤春夫，由同情千代，进而爱上了千代。

佐藤春夫因而和自己的妻子离婚，然后正式去请求谷崎润一郎将千代让给他，谷崎也答应了。不过谷崎先答应，后来又反悔了，导致佐藤春夫愤而与他绝交，这件事因而传了出去，成为轰动日本文坛的"让妻事件"。

佐藤是诗人、文评家，一九二〇年曾经来过台湾。他的一首诗至今都是日本学生受教育过程中的必读诗。那首诗叫作《秋刀鱼之歌》，小津安二郎的经典名片《秋刀鱼之味》，就是从这首诗而来的。

诗里说：秋刀鱼啊秋刀鱼，滋味是苦咸的，在放着秋刀鱼的餐桌边，一个即将被抛弃的女人，和一个已经被妻子背离的男人坐着吃苦咸的秋刀鱼。还有缺乏父爱的女儿，带着笨拙的自己用筷子试图挑鱼肠，不敢麻烦那个连叫"爸爸"都令人觉得紧张尴尬的男人。

一般的底层人家围坐着吃秋刀鱼，带有特殊的仪式性，帮小孩挑鱼肠是表达疼爱的基本方式，这首诗选择了这个场景来表现内在家庭的爱已经消失了的悲哀状态。

谷崎润一郎和佐藤春夫绝交了几年后又复交了，并且加上千代，以三个人的名义在报纸上刊登了公开启事，宣告谷崎与千代正式离婚，千代成了佐藤的新妻子。佐藤娶了千代之后，两人还有了小孩。

和夏目漱石的小说内容相比，抢了好友妻子的佐藤春夫可以不需要有萦绕在心排解不掉的罪恶感，因为离婚后不久，谷崎很快就迎娶了第二任妻子，又在第二任妻子刚进门没多久时，就开始追求后来成为他第三任妻子的女人。

居无定所的人生

谷崎润一郎和夏目漱石一样，在现实中都深为神经衰弱问题所苦，对很多感官的刺激会有过度敏锐的反应。

谷崎润一郎经常有轻微的幻觉，他躺在床上会突然觉得有地震，却无法确认到底是真实的还是自己的幻觉。夏目漱石也曾写过类似的幻觉困扰，不过他在一九一六年就去世了，谷崎润一郎却活过了一九二三年的关东大地震。

大地震发生时，谷崎坐在往箱根去的巴士上，即便是在行驶的巴士上，他依旧能感受土地、道路的摇晃，可想而知是多么不可思议的大地震。巴士紧急停了下来，大部分的乘客都要冲出去，但司机突然坚持要再往前开，开了一段路，才开门让乘客下车。谷崎和其他人一起下了车，回头一看，巴士原先停车的地方，有一块大石头砸了下来，他们险险逃过一劫，在地震中保存了性命。

原本就最害怕地震，又有了如此惊险的死里逃生经验，谷崎润一郎立即决定离开关东。先去了大阪，接着换到神户，又在京都住过一段时期。京都现在还保留着谷崎的故居，叫作"潺湲亭"，另外在神户也有一个谷崎故居可以参观。

不过就算你这两处故居都去参观过了，也别向人炫耀，因为从谷崎一生的经历来看，他住过的地方前前后后有将近四十个！生活中不断搬家，在任何地方都待不久，光是一九二三年移居关西之后，陆陆续续就搬了将近二十次，所以光是在"京阪神"地区，就有将近二十处谷崎的故居。

他一辈子无法安分定居，甚至死后也无法安分定居。谷崎之墓在京都的法然院，从银阁寺沿着哲学之道走，到了一座桥头往左转走上坡，很容易就可以到达法然院。然后要费一点事，找到一块墓石，上面刻着一个"寂"字，谷崎润一郎就葬在底下。

然而同样的，去法然院看过谷崎的墓，也不要炫耀，因为你仍不算完整参观了谷崎死后的遗迹。你还要去到东京，到巢鸭的慈眼寺，谷崎在那里还有另外一个墓。

他在京都的墓，是为了要和第三任妻子——对他极为重要的松子夫人合葬；然而他的父母却都葬在东京，所以他另有一部分遗体就分到东京和父母在一起。

这显示了谷崎润一郎奇特的身世背景。对于他的文学，我们不能不凸显关西腔的重要性，然而他的出身，却是不折不扣的"江户之子"。他根本不是关西人，出生、长大于原来的江户，也就是今天的东京，到一九二三年遇到大地震的惊吓，才移居到关西去。

作为德川幕府的根据地，江户是在十七世纪之后发展起来的。这个都市和京都有着截然不同的性格，充满了商业与庶民的活力。相较之下，天皇所在的京都是一座典雅、矜持的皇城，随时显现出由不同品位所形成的较高地位。在行文中，谷崎润一郎还经常保留以"上方"来称呼京都的习惯，强调这座城市和天皇、和贵族文化间的密切关系。

所以从关东热闹的商业环境角度看，以京都为核心的关西最大的特色便是其极致的美。之所以为极致，正因为是无用的，也不需要有用。而且在京都、在关西发展出的许多象征性的事物，其意义不是直接呈现的，而是迂曲间接，必须用心体会才能了解。

从关东到关西，从明治维新到大正民主

关西腔不只是声音腔调，更是不同的语言使用方式。柔美、间接，带着丰富的暗示与歧异性。

在这方面，日本语言的性格，和中国刚好相反。中国南方的"吴侬软语"是地方话，地位比不上北方官话，然而官话相对比较阳刚，没有什么转折余韵。在日本，带有天皇和古老贵族象征的关西腔，地位高于关东腔，但江户既是实质的权力中心，又有发达的商业经济，远比京都强大。这样复杂、暧昧的关系充分反映在谷崎润一郎人生及其作品上。

关于关东与关西的恩怨情仇，大概没有人能掌握、表现得比谷崎润一郎更好。他在关东出生、成长，壮年之后移居关西，转而彻底认同关西。不过他对关西的认同，毕竟还是在原先的关东出身基础上，是在有意识地比较之后所做的选择，和常规关西人很不一样。

一般出身大阪、京都的人，反而写不出谷崎润一郎这种关西腔和关西风格。战后大阪发展出自身的特殊文学传统，一路到宫本辉为其荣耀高峰，不过这种真正大阪人写的作品中，不

会有谷崎润一郎那种强烈要去除、抛弃关东标准来拥抱关西文化的态度。

谷崎润一郎出生于一八八六年，在一九六五年七十九岁时去世。在他那一代人里算是很长寿的。夏目漱石没有活过五十岁，芥川龙之介在一九二七年和谷崎论战，随后就在同一年自杀身亡，当时才三十五岁。

日本近代杰出的作家，有很多是彗星型的：夏目漱石真正创作小说的时间，只有十年左右；太宰治多次自杀，最后一次成功时，也才三十九岁；至于三岛由纪夫，更是在壮年以既惊人又像闹剧般的切腹自杀终结生命，结束他旋风般的明星作家生涯。

相较于这些人，谷崎活了很久，跨越了不同时代。他活过的七十九年，是日本快速变化，简直停不下来的七十九年，以至于他所经历的七十九年，比大部分人的同等时间要更复杂，复杂到近乎错乱。

他出生在明治维新全力开动的时期，接着在青年期亲历了"大正民主"。相较之下，夏目漱石在明治天皇去世后，只多活了四年，是不折不扣的"明治时代国民作家"，谷崎润一郎则在大正时期获得了重要的变化转折动力。

日本的"大正民主"经常被拿来和第一次世界大战后德国的"魏玛共和"相提并论。两者类似之处在于社会陷入巨大的困惑，各种相异甚至冲突的主张以激烈的热情被提出、被试验，导致呈现出让很多人担心害怕的失序状况，转而刺激了法西斯军国主义以"统一新秩序"为号召而兴起。

"魏玛共和"是个神经质的时代，其中重要的代表性人物，如社会学家韦伯，一生中便经历了两次严重的精神崩溃。那样一种集体性的阴郁、神经质，源自现代文化，或说现代性带来的巨大冲击。

军国主义下的文字干预

"大正民主"也带有高度的神经质，不过如果和"魏玛共和"相较，那么倒是带有一点闹剧的意味。谷崎润一郎在日本文坛崛起，受惠于比他大七岁的前辈永井荷风的推荐。而他们两人第一次见面，是在一个被称为"牧神之会"的场合。

那是当时东京文艺圈最受瞩目、最高端的沙龙活动，以希腊神话中的"牧神"为典故，结合了音乐、美术、文学，却又同时指向牧神所代表的高度情欲冲动。德彪西（Claude Debussy）的《牧神午后》管弦乐前奏曲就特别展现了那样一种既纤细又带有色情意味的特殊风格。

"牧神之会"的地点在东京大川端，那是隅田川边高级料亭与新兴西餐厅汇集之处。他们将餐厅布置成欧洲式的沙龙，在里面一边喝葡萄酒，一边高谈阔论未来艺术的走向。

"牧神之会"每次必然浮现的讨论主题是，如何在持续变动的环境中跟上时代？相关联地，也就必须要能探测、预知环境会朝哪个方向变动。不能光是看日本，因为主导潮流的是欧美，在日本要处于潮流尖端，眼光必须看向欧美——明确地显现出对于西方流行事物的饥渴。

并且，不再是明治时代那种积极追赶西方的心情，而是更为进取地设想要如何和西方同步，甚至参与西方的艺术潮流创造。

谷崎参与了那个时代，然而又超过了那个时代。相对地，芥川龙之介是这个时代最辉煌的代表，进入昭和之后短短一年，芥川龙之介就离开人间了。谷崎却又经历了军国主义，经历了大战，一直活着、持续写作，到日本战败无条件投降之后。

战争气氛中，谷崎曾经两度因写作而惹祸上身。第一次，说来不可思议，他是因为翻译《源氏物语》而出了问题。在军国主义抬高天皇信仰的情况下，竟然连《源氏物语》的故事都成了禁忌。《源氏物语》开头的核心情节，是男主角源氏和他父亲的侍妾藤壶有了不伦关系，还生下了一个儿子。源氏的父亲就是当时的天皇。日本军部认为这样的故事侮辱了天皇，谷崎偏偏还要用现代语翻译《源氏物语》让更多人来读，用心恶毒！

第二次，说来仍然不可思议，小说《细雪》又惹来了军部的干预。原先在一九四四年要出版的《细雪》，却遭到军部下令查禁。这部小说里能有什么犯禁忌的内容呢？不就是描写一个大阪家庭里的生活琐事吗？而且其中大部分还是女性的家庭生活细节，怎么会触犯军部或战争的禁忌？

与其说是因为谷崎在《细雪》中写了什么，毋宁说是因为他没写什么——他没有在小说中放进和爱国、和战争中振奋民心有关的内容。小说中这一家人的生活太平常、太正常了，在战争的氛围下读来，显得他们过得那么舒适奢侈，没有为了战争而奉献牺牲。

出于这样的理由被查禁，一直到战争结束后，《细雪》才得以完整出版。

川端康成的"余生意识"与日本之美

谷崎润一郎活过了战争，进入战后，仍然持续创作。战后一段时间里，他和川端康成同为带有古典日本美的代表性现代作家。

不过在对待古典日本这件事上，其实谷崎和川端两个人有着很不一样的态度。川端康成活过了大战，产生了非常强烈的"余生意识"。在悼念知友横光利一（一九四七年去世）的文章中，他清楚地写下"从此便是余生"。自己经历了这些，竟然还活着，从此之后的每一天都是多活的，所以应该要有特殊的意义。

他所选择的余生意义，是在战败的极端耻辱中，努力说服自己、说服世人，日本还有继续存在下去的价值。当然，不可能在现实中去合理化这个发动战争又遭遇惨败的日本，然而川端康成知道、认识另一个日本，就是创造出独一无二文明美学的传统日本。

一九六八年，川端康成成为第一位获得诺贝尔文学奖的日本作家，受奖时他发表了题为《日本之美与我》的演讲，刻意凸显、强调自己就是"日本之美"的代表，肯定他的文学成就，便是肯定传统的"日本之美"。虽然他的作品读来如此温和，但是在创作理念上，他其实有着激烈昂扬的一面。他要为日本找到一种方法向世界宣告：在战争的极端情境下，日本终究没有被毁灭，这样的决定是对的。

这不只是激烈的态度，也是高贵的追求。战后的川端康成，有意识地改写了自己之前的文学生涯。最重要的，是他尽量淡化自己过去受到的西洋的影响。其实，他崛起于"大正民主"时代，曾经是"新感觉派"的核心人物，也是《新思潮》杂志的骨干分子，又从法国引进了"掌中小说"作为他的招牌成就，哪一项不是和西洋文学文化潮流息息相关？

然而在"余生意识"的作用下，他转而表现出：如果在我身上有任何值得被肯定之处，那都是来自日本的传统，是日本传统之美塑造了我。他想以他的文学成就来支撑起日本传统的价值。

虽然一直都有川端康成之死并非自杀之说，不过在得到诺贝尔文学奖不久之后，他和妻子一起自杀身亡这件事，可以从"余生意识"的角度来明白解释。他苟活"余生"就是为了向世人证明"日本之美"的普遍价值，提供日本这个国家在战后仍然可以存在下去的理由，那么一九六八年，他完成了这个任务，也就不需要继续坚持"余生"了。

说来悲哀，一九六八年的诺贝尔文学奖抬高了日本，却害死了两位最杰出的日本作家：一位是曾经最积极争取西方肯定、一度看起来和诺贝尔文学奖最为接近的三岛由纪夫。在听闻川端康成得奖后，三岛当然了解他自己没有机会了。一直带有"生命在于青春瞬间"美感态度的三岛，很难面对青春消逝的中老年生活，勉强撑着他的，很大一部分是对诺贝尔文学奖至高荣耀的想望。想望落空了，于是他转而安排自己戏剧性的如同樱花盛开时艳美凋落的死亡——在写完《丰饶之海》的那一天切腹自杀了。

川端康成担任了三岛由纪夫治丧委员会的主任委员，经历了三岛的丧礼，他也很快失去了继续应付名声带来的繁杂事务的动力。诺贝尔文学奖证明他已经完成了向世界宣扬日本之美的余生任务，于是他也自杀了。

不呼应任何时代的作家

在短时间内爆发高度创作力、从日本红到欧美去的三岛由纪夫，当然是彗星式的。虽然川端康成活到七十二岁，不过他在战后的文学活动，也是彗星式的。他要尽快地燃烧，希望在有限的时间里，能够完成"余生"的任务。在强烈使命感的驱策下，他的作品虽表面阴柔，但仍有一个类似武士道力量的骨干存在着。

在这方面，谷崎润一郎表现得最不一样。他一路一直写，到晚年还写了《疯癫老人日记》，更重要的，走过那么多不同的时代，他的作品却和每一个时代都没有直接、密切的勾连。

我们很难在谷崎润一郎的作品中读出时代。这不是对他的批判，而是凸显他了不起的成就。其他的日本近现代作家，从夏目漱石以降，都是属于某个特定时代、反映那个时代社会的作家，唯有谷崎润一郎是来自日本文化的一位日本作家。

他不反映、不呼应任何一个时代。离开他所创作的时代，对那个时代没有特别的认识，无碍于我们阅读谷崎早期的作品、他中期的杰作《细雪》，也同样无碍于阅读他晚期的《疯癫老人日记》。他的作品始终和所产生的时代保持着若即若离的关系。

所谓"时代"，和谷崎润一郎文学的内在精神刚好相反。"时代"或"时代精神"（zeitgeist）必然具备强烈的集体性，然而谷崎润一郎绝大部分的作品却是聚焦于呈现个人的特殊欲望，那份欲望因为不能见容于集体价值观，所以是"奇情"的，却又因此而更加强烈。

在他的小说中，总是要尽量疏离社会集体性，社会集体性被放置在背景里，只是阴影般的存在。比较重要的，是跨越不同时代都存在的日本文化制约，以及一种仍然来自日本文化的特殊发泄、发展"奇情"欲望的方式。

在集体性标准衡量下不能被接受、不应该存在的激情，不会因此就真的从人间现实里消失。这是谷崎润一郎小说的基本态度。不被允许，并不等同于不存在。不被允许带着一份自欺，要求人将眼光移开，不要去看，相信那样看不到的欲望就等于不存在，就会消失。

谷崎润一郎却一直不断挖掘、呈现这些社会不允许的"奇情"。谷崎写过公公和媳妇间的情欲关系，川端康成在小说《山之音》中也触碰过这个禁忌的主题；谷崎写过老人对女性肉体的欲望，川端康成在小说《睡美人》中也触碰过这个同样禁忌的主题。不过读他们的作品，可以清楚感受到两人之间的巨大差异。

川端呈现的除了个人状态之外，还有现代化所带来的"老化"：传统被现代逼得退缩到边缘，近乎要消失了。明治维新中成长的一代，没有了传统给予的稳固身份，要如何面对"老去"这件事？他们连作为一个老人的身份依据都没有了，因而无法抗拒生活里汹涌跃动的诱惑。

而谷崎润一郎始终专注在特殊的个人体验与个人情绪上。他挖掘、追究的是个人情感如何在一般世俗控制不到之处滋长为"奇情"的模样。小说《细雪》中很精彩的一部分，就在呈现人如何自我欺瞒，同时试图欺瞒这庞大的人情世故系统，而在欺瞒、躲避人情世故的过程中，并不是像西方个人主义环境中那样形成了自我，而是长出扭曲却迷人的种种"奇情"。

那是具备高度叛逆性的情欲自己找出的路，迸发出来，表现出来。

阅读经典作品的态度

我们面对任何作品时，一定要记得作品背后必然有一个作者，作者活在一个特定的时代、特定的社会里，在那个时代、那个社会，他会遭遇一些特殊的问题或困扰，让他关心的这些问题、困扰必定会以自觉或不自觉的方式进入、影响他所创作出来的作品。

诠释、解读作品时，我会尽量共情，想象着进入作者的情境里，还原他关心的问题与困扰。这是我的基本态度、基本方法。在解释结构主义时，听起来我好像就是一个结构主义者；在解释存在主义作品时，听起来我就是一个存在主义者；或许在解释日本文学作品时，我又好像会变身为一个相信日本美学与日本文化中特有生命态度的人。这不是我个人的信仰与立场，而是我对待作品的态度。

面对作品，尤其是这些经过时代、经过众多阅读者反复阅读证明其高度价值的经典作品时，最好是先尽量谦卑地将自己放掉，不要用自己既有的价值观去评判。尽量让作品对你说话，先不要急着用既有的生命经验去解释书中的内容。

愈是经典的作品，我反而愈是不希望大家抱持着"亲近"的态度去读。很多解读者热衷于将经典解释得就好像是我们的邻居老王会说出的平易近人的想法，然而我却总认为：如果经典里的信息像是隔壁老王会说出来的，那我们去找隔壁老王不就好了，何必读经典呢？

相反，我宁可强调，并且不厌其烦地再三提醒：这些书最特别之处就在于不是为我们而写的。这些作者写书时心里绝对没有我们。他是为了自己、为了他所处的时代与社会而写的。经典的重要性在于，因为历史上极其难得的偶然因缘，这样一部作品竟然没有随着那个时代、那个社会的消失而消失。必须要有多少近乎不可思议的偶然因素相配合，这样一本书才得以存留下来，被我们读到？

换句话说，这本来不是我们应该能拥有、应该能读到的一本书。那个时代、那个社会、那种特殊经验与情感穿越时空来到我们这里。请珍惜这份难能可贵的缘分，不要浪费了阅读经典最重要的体会，不要用自己当代的有限经验来理解（曲解）经典，不要在阅读时只想着这样的内容要如何解决我的问题、和我的生活有什么样的关联。不要那么急着要求经典和你的当下现实产生关联。

解读夏目漱石的作品时，我特别强调他的"非人情"关怀与追求。这并不表示我主张大家都去过一种"非人情"的生活，更不表示我在刺激大家于现实中去想办法摆脱"人情"，解决各种困难，达到"非人情"的境界。

我所在意的、我所做的，不过是加强介绍，通过经典我们能够知道进而理解曾经有人以这种方式思考生命、面对生活。希望能够刺激现代读者的，是让你去思考到底什么是人情世故，我们有可能在人情世故的拘束之外，去建构一个不一样的世界观吗？

不要因为读到了夏目漱石的"非人情"视角，就急着考虑自己上班时去替同事点外卖算不算陷入"人情"，是不是应该要拒绝帮他们代买的要求才对。重点是我们一般少有机会遇到来自不同时代、不同社会的具体信息，通过经典我们得以获得不同的刺激，累积了多次、多重的刺激之后，你会明白人生不必然是现实所给予你的答案，还有更多、更丰富的可能性。

经典不能直接提供我们生活指南，不能、不要读了一本经典便急着将经典里读到的信息当作答案，认为得到了一个明确的教训，要依循这项教训去调整生活。经典不是这样用的，阅读经典的态度不应该如此直接、功利。

第二章

《细雪》中的
阴柔与暧昧

三译《源氏物语》后的启发

小说《细雪》一开头便让我们看到莳冈家分成"本家"与"芦屋"。"本家"由长女鹤子与婿养子[1]辰雄继承。一般婿养子进门是要经营家业的，有家业却没有儿子可以继承的家庭才会选择收婿养子，然而辰雄进了莳冈家门后，却抛弃家业，转而去银行工作了。

银行业是最现代、最西式的一门行业，于是虽然名分上是"本家"，鹤子与辰雄却和原先的大阪商人传统断绝开来。后来因为银行工作所需，甚至举家搬到东京去，连居所都远离了"本家"的根。

他们到东京去，在小说中明显带着流离的性质。小说里详细描述了他们找房子的种种曲折，找不到符合原本预期的住所，勉强选了一个小房子，从抱持着暂居心态，到后面慢慢接受，长期待在不相称、不合适的屋子里过他们的生活。

通过被迫和"本家"一起迁居的雪子，我们看到从大阪搬到东京的具体变化：让他们自己都很意外的一项变化，是生活变得简省了。他们从一个传统的环境，进入了现代都市，体验了现代都市的"无名性"——没有人认识你，没有人在意你

---

1 婿养子：将养子和女婿合二为一，即找一个能力强的年轻人"嫁给"自己的女儿，顺便给自己当儿子，接管公司。

是谁，于是就不需要那些维持身份的行头开销，也省掉了所有亲友邻居往来的活动开销，甚至有关吃和住，也不必做给他人看，一下子省下很多钱。

实质上，"本家"这边在生活上，已经自行降等了，不再依照原有的身份阶级过日子，过着在大阪时作为蒔冈家不应该过的生活。虽然名分上是"本家"，但是面对传统，他们有双重的背叛：先是婿养子放弃了家业，然后又在东京放弃了符合家世身份的住所与生活。

小说中对"本家"描述得不多，而是对比呈现蒔冈家在大阪保存下来的传统。"芦屋"这边有三个女人，而小说叙事最主要的中心，放在次女幸子身上。但其实幺女妙子最像是谷崎润一郎会写的那类女性角色——她们出身传统家庭，但内在性格有着太强烈的热情，化为无法被传统规范关锁住的一份野性，使得她们离开了原本设定好的道路，独立地展开冲撞跌跤的探寻。

谷崎润一郎擅于写这样一种特别的小说，从男人的观点看这种带有野性的独立女性。她们给男人带来了惊讶，甚至惊吓的感受，然而又产生一种致命的，让人无法移开目光、无法转身离去的吸引力。在《细雪》之前，他在小说里多次写过这类角色、这样的情感，妙子从这个主题中衍生脱化而来。

但《细雪》在谷崎润一郎的创作中具有很不一样的地位。这不只是他写过的作品中篇幅最庞大的一部，而且展现他经历了几次译写《源氏物语》之后，终于弄清楚了为什么如此一部古老、存在有几百年之久的书，会吸引在明治维新时代成长、在"大正民主"时代开始写作的自己——这样一个理应沉浸在现代环境中的人。

他试图借由《细雪》来整理、解释《源氏物语》带给他的冲击与影响。在此之前的小说是一回事，承认自己被《源氏物语》彻底改造之后，带着创造、描写不同的情感动机，谷崎润一郎写出了《细雪》。

"谷崎式"女郎

妙子可以说是很具代表性的"谷崎式"女郎，但在《细雪》中，谷崎润一郎却刻意地压抑用同样的手法来描述妙子。

关于妙子年轻时闯的祸，如果在谷崎之前的小说里，一定会成为叙述的焦点，在《细雪》中却只留了一小段尾巴。妙子十六七岁时鲁莽地和奥畑私奔，充分显现出她的狂野不羁以及足以惹得男人失去理智的致命吸引力。然而这段情节在小说中只是带有闹剧气氛地被带过，没有详细展开描写。小说中我们看到的，毋宁说是野性已经被收服之后的妙子。

小说中我们见到妙子时，她已经专注在做"にんぎょう"（日文"人形"，指人偶）了。很有意思的是，谷崎润一郎出生在东京日本桥边的"人形町"。我生平第一次去日本旅行，在东京误打误撞住进了一家商务旅馆，安顿之后走出来，才发现旅馆所在之地竟是人形町。依照我当时的认识，心中立即浮现了三件事、三个重点。第一是日本桥，那是日本现代公路的起点，而且桥头有一个很有名的铜雕。不过走过去却发现，日本桥已经纳入高架道路系统了，完全凸显不出地理或历史上的重要气势。

第二件，是谷崎润一郎的出生地。不过查看旅游导览书，上面没有任何故居资料，也就不可能有任何观光旅行上的联系。那就只剩下第三件了，我想起了我的外婆，想起了家中有"人形"的往事，所以一定要到街上去参观"人形店"。

"人形"就是人偶，特别指那些有着华丽衣着、做得惟妙惟肖、展现出身上头上丰美装饰的人偶，不是给小孩玩的娃娃，而是需要郑重其事放进玻璃柜中，摆放在家中醒目之处的。

记忆中，我小时候有一次被妈妈带着去她同学的新家，进了门先走了一圈做参观，坐下来我妈就问："你们家怎么没有人偶？"同学回答说人偶留在旧家了没有带过来。结束了拜访，走出门，也不管我懂不懂，妈妈感叹地对我说："怎么会这样，家里连人偶也没有了！"我对此留下了非常深刻的印象。

小时候家中真的一直都有"人形"，而且每一只"人形"都是外婆送的礼物，是我妈妈和外婆之间最重要的联结象征。对于出嫁了的女儿，母亲会郑重其事选择符合她教养品位与自己预期的"人形"送过去，而且每隔一段时间，当思念女儿或遇到什么波折变化时，母亲就会再送过去一只带有象征意义的"人形"，女儿也必定会在家中好好摆放这些来自母亲的"人形"。

当年的人形町的确还留有很多"人形店"，古色古香的橱窗里展示了各种精巧的"人形"，精巧到让我回想起小时候常常做的梦。夜里起来上厕所，经过了摆放"人形"的地方之后，再睡回去就会梦到"人形"从玻璃柜里走了出来，拖着裙摆在廊上唰唰走着，甚至走进房间，在床旁边看我睡觉。很奇怪，大概是对"人形"太熟悉了吧，即使有这样的想象或梦，也不觉得害怕。

《细雪》中让妙子去做"人形"是有高度象征意义的。后来她又学了洋裁，并且跳传统舞蹈。妙子和鹤子形成了对比。鹤子是"本家"，却受到丈夫的影响而遗忘了作为历史传承的一个环节，自己身体里的一份女性美学意识，放弃了对于这份意识的自觉与保守的责任。

相对地，最不必负责任，原先也最没有责任感的幺女妙子，却在野性将她带离正轨之后，自我选择回来了。她的生活更像是"本家"，努力学习、体会种种手艺之美、之巧，认真地过日子。

《细雪》书名的由来

《细雪》书名原文是"ささめゆき"。这个书名是很文雅的日文，不是一般口语的，你不会在日本人的日常对话中听到他们用"ささめゆき"来形容下雪的状态或下着的雪。日文"ささめゆき"和中文"细雪"两字有微妙的差异,"ささめゆき"是出现在和歌里的古老词语,让人联想起《源氏物语》那样的时代与那样的气氛,而的确《源氏物语》的和歌中就有以"ささめゆき"作为"季语"(表现季节的词语)的例子。

"ささめゆき"形容雪给人的一种柔弱的、随时可能消逝的感觉——在一种特别的雪天,落着干燥轻盈又无风静谧的雪时,人们在心中会产生的情绪。

不过,在这部叫作"细雪"的书中,却没有任何一场雪景。这是谷崎润一郎刻意安排的,要让读者明白"ささめゆき"不是用来形容自然天气现象的,而是指书中的"雪子"。从这个角度,事实上谷崎润一郎正有意识地让自己写出不同于西方现代小说的作品。

在西方小说形成的典范中,什么样的人是主角、什么样的人当配角,有一定的模式,然而谷崎润一郎有意识地逆反了这个模式,选择雪子作为核心人物。"ささめゆき"就凸显了雪子在小说中的形象——安静、细致,却神秘,似乎总也不知道她在想什么。小说中对雪子的描述,几乎都是透过别人的眼睛,呈现、记录了别人看见的她,尤其最常是姐姐幸子所见到、所感知,有时所困惑的雪子。

《细雪》中很有名的一段,是幸子说到每年去赏樱她都会担心也许这是最后一次和这个妹妹一起赏樱。从幸子的话中,我们间接体会到了雪子身上传递出的奇特、脆弱、空灵之感，好像她随时可能消失，即使是和她住在一起的姐姐也没有把握能抓住她、拉住她。幸子对曾经放荡惹祸的妙子不会有这种感觉，她也不会对出嫁后不常能见面的大姐鹤子有这种感觉，唯有对雪子如此。

雪子不直接对我们表露，反而成了小说的中心。谷崎润一郎有意识地将《细雪》写成更接近传统的"物语"，而不是现代的长篇小说，也就是小说不是建立在戏剧性情节的发展上，有一个方向，从这里到那里；《细雪》基本上不往前朝向某个戏剧性的结局、某种悬疑的解决，而是绕着圈圈的"无事小说"，讲的大部分都是生活中的现象，很散文性的铺陈表达。

勉强构成小说时间轴的，是雪子的相亲、婚姻安排。最接近贯串小说的情节，是雪子如何一次又一次倒霉地相亲失败。要完成女人的婚姻，雪子的坎坷和其他姐妹形成对比：鹤子是招婿养子，幸子是相亲成婚，两个人都是正常地依随着传统的方式；而妙子则是传统的叛逆者，她自己选了对象，和奥畑私奔，有意识地挑战传统、离开传统。

雪子却卡在中间，她没有要离开传统，但传统却迟迟解决不了她的婚姻问题，于是她陷在一个奇怪的暧昧情境里，一直在"要结婚"的进行时中，却一直没有结婚，处于既非已婚，也非一般未婚，不上不下的尴尬状态。

谷崎润一郎以相亲作为主要的象征，喻示他要呈现的"迁回而暧昧的日本"，来表达他所认识的日本。在从明治维新到"大正民主"的体验中，认识了甚至曾经认同了西方式的现代社会，此时却经由《源氏物语》辗转回到日本，要在小说中提出他如此淬炼之后对于日本的看法。

"暧昧"的日本之美

日本最特别的，在于其迂回不直接，暧昧而不透明，这是日本、日本人和西方现代文化的最不同之处。包括"暧昧"（あいまい）这个词，对于日本人的自我认识都极其重要。

一九九四年，大江健三郎成为第二位获得诺贝尔文学奖的日本作家，去瑞典领奖时，他刻意发表了题为《暧昧的日本与我》的演讲。这等于是对二十多年前川端康成受奖演说词《日本之美与我》的一番回应。大江健三郎抗议川端康成所呈现的那样一个由传统之美构成的日本，那不是真实的日本，甚至不是代表性的日本。对他来说，他要借此机会呈现给世界的，是日本的"暧昧"，或说是由多重"暧昧"所构成的日本。

日本人是什么？只要是用直接明白的方式表现出来的答案，就不会是真切的。日本永远都是迂回不直接，暧昧难明才是日本。

谷崎润一郎将雪子置放在"暧昧"的情境下，来象征性地探索、呈现日本。日本是无法说清楚的，甚至就如同雪子一样——生命中最重要的，愈是重要的就愈是不能说出来，保留在"暧昧"中。

包括"婚姻到底是谁的事"这样的问题都不会有、不该有明确的答案，只能存留在"暧昧"中。西方现代社会很明白地主张婚姻是两个人之间的事，长期的传统让中国社会普遍接受婚姻是两家人之间的事，但这样的答案对雪子和蒔冈家都不适用。

雪子外表看起来很年轻，然而事实上已经过了应该结婚的年龄了，这在相亲时就造成了"暧昧"。过了年纪，所以相亲的对象也是出于各种原因已经耽误了结婚时机的人。不是简单的这一家的女儿安排去看另一家的儿子，双方基于很稳固的家族关系，在家族关系的基础上进行互动就好了。

有些对象年纪比较大，甚至比姐夫还大，那就要考虑结了婚之后的连襟关系；有的看起来有过其他不确定的人生风波，不清楚未来会不会成为生活上的变量。因而雪子的婚姻，既非两个人的事，也不是两家人之间的事，没办法以任何一种明白的规律说清楚。没有清楚的答案，不断处于迂回、暧昧的情况下，以至于必须诉诸一种完全不一样的、比较近乎生活上的美学美感标准，来作为权衡。

相亲场合经常会有的暧昧是，无法确定到底谁是主角、谁是配角。形式上的主角是这对寻求婚姻的男女，然而正因为要谈的是他们的婚姻，他们反而在这一场合中绝对不能成为主角。如果他们能当主角，也就不需要相亲了。

建议大家将张爱玲写的《倾城之恋》当作补充读物，看一下小说中如何描述白流苏第一次和范柳原见面。那是替白流苏的妹妹相亲的场合，离了婚回到娘家的白流苏以女方的陪客身份前往，没想到却在席上吸引了男方范柳原的特别注意。

去相亲的女孩绝对不能当场有任何反应，只能在结束回到家后，发泄表达被姐姐抢了风头的强烈不满。应该由她当女主角的这个晚上，男主角的眼光却始终不在她身上。

但相亲便是如此，两个要结婚的人能是主角，就不需要相亲了；要由其他人介入弄出一个复杂、暧昧的场面，事情在有没有、好不好之间，表面和背后交杂，事实和猜测交杂，这是相亲的设定、相亲的功能。

日本传统的阴翳之美

小说名点出"雪"，让我们注意到雪子，她一直是幽微暧昧的存在。透过别人的眼睛，我们一方面知道她绝不是一个浅显简单的人，然而另一方面又无法掌握她究竟如何不浅显、不简单。

幸子看到这个妹妹站在庭院里发呆。她到东京之后瘦了一圈回来。和她去赏樱时幸子会一直有不祥之感，担心这是最后一次，明年这个妹妹就不在了。雪子身上有一种特殊的脆弱，来自她的细致，难以被看穿，无法揭露，那就是"细微"，没有这份带有神秘感的"细微"，就不是雪子了。雪子代表了日本文化中的一种特殊之美。

环绕着雪子所发生的事，只能以"细微"的手法来处理，不能打上大强光，一次现形。只要是光照到的，光线本身就造成了质变，让显影与真实脱节，原有的情绪与情境就消失了。谷崎润一郎为这样的特殊美学传统，还写了一本小书，书名是《阴翳礼赞》，能懂得欣赏阴影中的存在之美，才能体会日本传统的这个部分。

《细雪》在大战期间连载，被军部禁止了，到战争结束后，谷崎润一郎才得以将小说写完出版。坚持在战争期间写这样的小说，且这样的小说竟然惹来军部的注意、反对，似乎显示了一种杰姆逊（Fredric Jameson）所分析的"政治无意识（或潜意识）"——political unconscious。

意思是《细雪》内在藏着谷崎润一郎对于他所经历的昭和时代军国主义的批判，在无意识层面极其隐秘地表现，然而在军国主义发展到极端疯狂时，必如镜像般在潜意识中反射出这一面。也正因为军国主义已经高调到自己都无法理性地相信其口号、宣传，于是军部也在潜意识层面，不自觉地辨认出这份幽微却最为致命的抗议、反对。所以他们做出了从表面无法理解的强烈反应，将这部看来完全与现实、与战争不相干的"女性小说""无事小说"断然禁绝。

最大的冲突在于军国主义将"天皇崇拜""武士道"定为日本文化的根本元素。日本就是武士道，就是天皇绝对权力所构成的"国体"，它们既是使得日本成为日本、和其他国家不一样的本质，也是日本历史与文化中最美好的宝物。

然而谷崎润一郎在《细雪》中写出了完全不一样的观点：真正的日本、日本最美好的一面，不在太阳旗崇拜的亮丽阳光照耀下，不在阳刚武勇的男性炫耀表现上，而在房屋内部，那些阳光永远照不到的阴翳角落，那些女性阴柔得以主宰笼罩之处，那些没有高喊口号、没有标准答案，相对地充满了暧昧，将情欲予以美学化的空间里。

天皇和武士道怎么可能代表日本文化？遑论道尽日本文化的价值。甚至日本男人都不足以彰显日本文化，那样的幽微阴翳空间是属于女人的，那样的情欲美学流荡在日本女性的血液中。

《细雪》在谷崎润一郎的作品中看起来很独特，如果将《细雪》抽出来和川端康成的作品对照，或许能够看得更清楚些。川端康成自觉地在战败后以"余生"的精神持续挖掘日本阴柔之美，刻意运用包括"掌中小说"在内的篇幅极短的有如俳句般的文字来避开"明说"的风格，拓展暗示与暧昧歧义的小说技法。那是有意识地对战争进行忏悔，逆反军国主义笼罩时的那种阳刚意识形态。川端康成认定要对世界赎罪，他的使命是在"余生"中以文学的形式挖掘、展示被军国主义压抑甚至意欲取消的那样一个阴柔细腻的日本，让大家知道日本不是只

52

有军国主义，比军国主义更根本也更有价值的，是这样的日本之美。

谷崎润一郎和川端康成是同代人，以川端康成的生命抉择为对照，我们有理由相信谷崎润一郎在大战期间，有了类似的醒悟。他们两个人都是有着特殊阴性灵魂的男人，因此他们笔下对于女人、对于阴性的"阴翳礼赞"便更加暧昧、更加复杂。

《细雪》中描述幺妹妙子去学跳舞时，穿上了大姐鹤子出嫁时的衣服。不过她只穿了三分之一，本来的三层穿了其中一层。而光是那一层，就足够在小说中详细描述那费心费力才得以着装的过程。如何绑腰带，什么时候要穿足袋、什么时候不穿，鞋子该如何夹着，才能以优雅的内八字形走路。

每一样都有讲究，不只是传统穿法的讲究，更重要的是从美学表现而来的讲究。提包的大小一定要与和服样式配合，要多少经验才能断定提包的尺寸、该配合的提手长度，再到一边走路时该如何让提包挂在手上，以表现出既自然又优雅的轻晃幅度。

衣服要和舞蹈的动作相配合，要和婚礼的大场面相配合，也要和赏花的景观相配合。从平安时代源远流长传承了上千年的美学坚持，要在生活中创造出无论静态还是动态都能够呈现完美画面的一种习惯，甚至是一种自我纪律。这样的美学标准，上千年来都是由女人在坚守，幸好有女人，有日本女人信守不渝的这份文明价值，在二十世纪中，当男人以武士道、军国主义将日本带到亡国的边缘时，他们还能够靠这份美学带来的感动，重建日本国家立场，让日本继续存在下去。

了解了这样的文化挣扎历程，我对于造访京都的观光客穿着廉价和服笨拙走路的画面格外无法忍受，那缺乏基本的自知之明、基本的品位与基本的尊重。在京都那经历战乱战败，仍然努力维持保留下来的日本之美中，我们至少该有一份自觉与自尊，珍惜如此难得的美好景观，不要让自己的形象与动作成为碍眼、破坏的因素。

这是阅读谷崎润一郎、川端康成而受感染形成的一份强烈偏见吧。

关东与关西的历史纠结

阅读《细雪》不容易直接感受到小说的时代背景，要稍微认真用心去追索，才能明白"上卷"大概是从一九三八年，侵华战争刚开始不久，进行到一九四〇年，太平洋战争尚未爆发之时。

谷崎润一郎刻意让《细雪》飘浮在一种无时间感的失重状态中，好像小说描述的这些事到底发生在什么时候并不重要。然而如果我们要深入理解《细雪》，却必须带着更久远些的历史意识，尤其是要追索到关东与关西间的长远纠结。

关东与关西的纠结，至少要追溯到丰臣秀吉。《细雪》的具体空间背景是大阪，去过大阪的人，应该都会去最主要的景点——大阪城参观吧！在大阪城中，展示了几幅屏风画，画里的内容重现了"冬之阵""夏之阵"，也就是两场发生在大阪城、改变日本历史的重大战役。

当年大阪城建好时，号称"战国无双"，也就是整个战国时期独一无二最豪华又最坚固的一座城池、一座堡垒。因为频繁的战乱，每个藩主都要想办法建起能够阻挡别人侵犯的城，以城作为政权的保卫中心。

丰臣秀吉出生于一五三七年，活跃于战国末期。他结束了战国的分立局面，统一了日本，不过他创造的统一局面只维持了很短的时间，就被德川家康挑战，进而推翻了丰臣家的政权。

战国末年有一个关键事件，是"本能寺之变"。现在京都河原町三条、四条之间有一个小小的本能寺，并非历史上那个发生过剧变、织田信长被烧死在里面的本能寺。旧的本能寺是华严宗的大寺，应该在崛川一带。

发生"本能寺之变"前，本州岛地区最强大的藩主是织田信长，然而他的部将明智光秀突然叛变，在本能寺攻杀了织田信长。当时也是织田部将的丰臣秀吉听闻消息，以不可思议的急行军速度，在七天之内赶了近两百公里路，从高松回到京都，在明智光秀没有预期、防备的状况下，夺得了大权。

然后丰臣秀吉动用大批资源建造了雄伟的大阪城，却在一五九八年去世了，政权留给了当时只有六岁的儿子丰臣秀赖。此时在关东的德川家康虎视眈眈，经过复杂的合纵连横角力，到了一六一四年冬天，德川正式领军攻打大阪城，而有了"冬之阵"。"战国无双"的大阪城易守难攻，双方激战中各有惊人的损伤，德川军终究无法攻入大阪城，但丰臣家却也无力将德川势力屏除在关西之外了。

双方达成了停战协议：德川家愿意退兵，换取丰臣家将大阪城外面的护城壕沟填平，等于是少了一项重要的战斗防护。还有，大阪城中的建筑除了"丸之内"以外，都予以拆除，这会使得能够长驻护卫大阪城的部队人数大幅减少。很明显地，丰臣家只能以大幅削弱大阪城原本"战国无双"防卫的条件，换取德川家暂时退兵，稍做喘息。

然而很快地，一六一五年夏天，德川家就再度兵临防守条件大不如前的大阪城，在"夏之阵"战役中压倒性地打败了丰臣家。从此之后日本历史进入新的时期，出现了长达两百多年的德川幕府统治阶段。

江户的町人文化

这个时期称为"江户时代"，因为政治实权转到了位于江户的德川家手中。丰臣秀吉作为幕府将军时，虽然也和天皇形成一里一表的二元权力结构，不过两个中心都在关西，地理上几乎是重叠的。但到一六一五年之后，天皇还是在京都，德川幕府却远在关东的江户，两个中心隔着很远的距离。

西方人刚到日本时，弄不清楚日本这种独特的二元政治体制究竟是怎么回事，一度误以为日本有两个皇帝，像是欧洲中世纪有罗马教皇又有世俗的国王，所以一个是宗教上的皇帝，另一个是政治与军事上的皇帝。

关东有一个中心，却无法取消，甚至无法压倒关西的另一个中心。因为天皇"万世一系"的信念深入人心，甚至成了强烈的信仰，德川家权力再大、资源再多都不可能挑战，一旦表现出对天皇的不敬，立即会引来各地封建藩主的背叛攻击。

两百多年时间中，在德川家的统治下，江户有了繁荣的经济发展，吸引了大量人口移居到江户。江户的发展从今天电车"山手线"环绕的区域开始——那就是德川家所建立的政治中心。

在此之外，扩张出"新江户"，或者称为"町人江户"，在隅田川下町附近的商业区。到十九世纪西方势力刚进入日本时，下町还成为最新流行事物的齐聚之地，当时的文人雅士要吃西餐，要参加沙龙或画廊活动，几乎毫无例外都是到下町去的。

两百多年时间中，江户形成了非常明确的性格。这是一座由众多庶民进行繁荣商业交易而构成的城市，非常热闹，非常嘈杂，而且有着远高于一般农业社会的多元生活景况与多元意识。

这种都市性格最清楚地显现在"浮世绘"上。"浮世"指的是那些平常、日常的生活，而不是高度表演性、仪式性的画面。会想将"浮世"画下来，正因为在江户的都市环境中，太多人过着不一样的生活，从事不一样的行业，在平常、日常中都显现出带有视觉刺激的新鲜模样。

江户发展出的"町人文化"，有着丰富多样的市井现象，才支撑了日本浮世绘这样独特的世界美术史上的成就。相对地，在京都最高的美术成就，则是大宅大院中的屏风画。无论是去参观二条城，或是去天龙寺，建筑本身的视觉重点，都是在墙上、门上、屏风上的画。而且几乎到处都能看到"狩野"这个姓，好像有资格被介绍的画家都姓"狩野"。

狩野不只是个家族，这个姓氏代表了在京都源远流长的一个工匠艺术传统。他们就代表屏风画的最高地位，是贵族大寺建造房子时一定要寻求的合作对象。他们的作品通常都有标题，而对我们来说，根本不需要翻译，因为都是用汉字写的——《潇湘月色》《山岗猛虎》等等，一看就知道，他们特别突出和中国之间的联结。这是从中国传来的绘画形式，进入日本之后高度专业化，由一个家族近乎垄断了其技艺与名声，也因而带有高度的保守性质。

屏风画一定要遵守"狩野派"的画法才能被接受，一定要表现清楚四季时序，和俳句和歌的精神相通，一定要追求自然与人文、画面与标题文字意趣的结合，等等，那是极精细却也极不自由的工艺。

和江户发展、流行的浮世绘完全不一样。

合作又竞争的"京阪神"

到了十八世纪江户就已经有了商业活动所刺激出的不同行业，也有了愈来愈多，多到自身环境条件无法支撑的人口。于是关东与关西又逐渐形成交易网络，关东密集的人口需要关西的米、鱼等物产供应。

应运而生的关西生产、转运中心是大阪，但大阪的性格有点暧昧，既不是贵族式的，也不是纯粹商业性、市井性的。大阪有着全国性的贸易地位，很长一段时间中，日本的米价高低是由在大阪的交易决定的。米、麦及其他主要粮食作物集中在大阪交易，在这里有最复杂、最详密的对价关系，于是全日本都参考大阪的价格，以大阪的价格为准。

但大阪的商业性质和江户很不一样，不只是受到关西传统文化的限制远多过江户，没有江户那么自由、那么开放，而且其转运交易的活动超过自身的商业繁荣，主要扮演的是"过路财神"的中间经纪商角色，商业活动在市面上看不见的批发层级进行，市面上相对没有那么多行业、那么热闹。

到了十九世纪中叶，西方势力进入日本，带来现成的在中国试验过的不平等条约，强迫日本开港，关西除了大阪之外，另有神户对外开放。不过神户的海港条件优于大阪，很快地西方人的活动集中在神户，神户有了精彩活跃的"异人街"，在和西方交接的功能上，大阪又比不过神户了。

在传统的关西，大阪是没有身后贵族文化熏染的商业中心，然而放在快速变化发展的江户日本环境中，大阪却是相对保守，甚至落伍的商业城市。

一直到今天，通路、小商店仍然不是大阪所擅长的商业现象，大阪有的，是大企业，而且往往是重机械、金属矿产等具备百年以上历史，带有浓厚家族色彩的大企业。

关东就是以东京（江户）为中心，形成一个向外扩散也向内集中的网络，所以东京才会聚集了一千多万人口，并且发展出全世界最绵密最复杂的铁道交通系统。关西却不是这样，关西的重点在"京阪神"，而这三座城市彼此相连，却又各具特色，构成既合作又竞争的关系。

京都是历史古都，将时间冻结在生活中，保留了从平安时代一路下来的贵族文化，而神户是最具异国情调刺激性的城市，在接纳转化西洋文化元素上，全日本大概只有长崎可以相提并论。而夹在这最古老和最洋化城市之间的，是最富有却又土气的商业城市大阪。

失去国都的关西人

京都的观光重点之一，是二条城，那是德川幕府在京都的居所。他们刻意在京都皇城边兴建了这样一座堂皇的宫殿，作为他们的别墅。但很明显，可以在江户呼风唤雨、严格要求各地封建大名必须定期到江户晋见居住的德川幕府，不会有强烈动机去到有天皇在、以天皇为中心、自己只能在制度上担任配角的京都。

所以二条城其实很多时候都没有主人，而且在建筑上最大的特色是有人行走时必定会发出如同莺啼般响声的地板。据说那是为了防范刺客暗杀特别设计的，在那座宫殿里要确保没有任何人可以在任何时刻静悄悄地完全不出声地在屋内移动。要如此高度警戒，住起来应该也很不安心、不舒服吧！

不过二条城是一处绝对无可取代的历史事件现场。到现在观光客都可以在二条城里看到定格复制的情景。那是"王政奉还"的仪式，最后一任幕府将军在这里迎接天皇的使者，将实质占有了两百多年的政权交还给天皇。

这必须发生在京都，它鲜明地意味着从此之后日本的二元权力结构消失了，在政治上只有天皇这个中心，只有京都这个中心。两百多年后，关西终于等到了凌驾于关东之上的最后胜利。

然而关西的胜利兴奋只维持了很短的时间。在重臣们的商议下，一方面为了防范德川家继续占据关东，造成国家实质分裂，另一方面为了利用江户已有的发达交通基础，决定将天皇和国都迁到江户去。

为了抚平关西人必定会有的失望，乃至反抗，所以先将江户改名为"东京"，表示京都仍然在名称上是日本恒常的都城，东京只不过是当下现实居于东方的另一个都城，带有暂时方便的性质。而且宣布迁都之初，明治天皇还经常来往于京都和东京，以示没有抛弃京都，没有忽视关西。

然而这对关西人是多么大的打击啊！尤其是过程中曾经有重臣主张应该将国都设在大阪，以便发挥京都古城不能提供的现代功能。结果，最后大阪得到的，只有安慰性质的"造币局"。

去京都看樱花，如果去得稍早些或稍晚些，都可以转去大阪访问造币局，因为那里齐聚了不同品种、先先后后或早或晚开放的樱花，总能够遇到几种正在盛放中。造币局的园子是将全日本的樱花品种都搜集来了，形成特殊、具有代表性的景色，再加上将国币放在大阪铸造，作为对关西人失去国都的一种补偿。

武士道精神

关东与关西间已经很紧绷了，不过维新要考虑的地理平衡，还不能只着眼于本州岛一岛。"倒幕勤王"的主要力量，是来自南方的强藩，九州岛才是中心。熊本、长崎的观光重点之一，就是"龙马之路"，环绕着坂本龙马当时的活动地区，追寻记录维新志士们的种种遗迹。在其中一处龙马故居外，特别铸造了一只特大的铜鞋，让参访者可以将脚置入铜鞋中，然后扶着象征性的船舵，模仿龙马看着远方的港口，指着天际说："一定要开国，船啊，带我到外面的世界去！"

从明治维新一直到战后形成了民主体制，"长州藩"都是日本政治上固定的权力派系名称，历史悠久，经过了多少年翻天覆地的变化，作为日本政治上的一股势力一直存在至今。

这些人和关东、关西都无关，正因为离京都，尤其离江户很远，他们才能在幕末时期取得较大的自由，采取挑战、反抗德川家的态度。在南方，他们的土地又有较暖的气候、较多的雨量，在农业生产上条件优于关西，当然更优于一些传统封建藩主所在的东北或北陆。于是这些南方强藩名义上服从德川家，但实际上德川家对他们的控制远远不及其他地区。

形成强藩的一项条件，是拥有众多的武士，组构强大的武力，因而这些地方对于"武士道"格外重视。"武士"是一种个人效忠于领主的身份，而"武士道"之所以能成为"道"，就是将这份效忠精神化为强烈的信念，使得这些武士成为有信仰的人，对于武士道中的这些原则与价值观，看待得比生命还要重要，随时愿意，甚至随时准备为了坚守这些原则、贯彻这些价值观而牺牲性命。

武士道的终极象征是"切腹"，不只是奉献生命，而且是英勇地忍受最大的痛苦来显现决绝放弃生命的态度。并且"切腹"有许多礼仪细节，一个武士在生命临终的最大痛苦中，仍然记得，仍然符合礼仪，显现出他对信念的坚持。

而使得武士诉诸如此极端的方式结束生命，最主要有两种情况：一种是无论故意还是失误做出了有失武士尊严的行为，以终极的"切腹"来作为惩罚，也以极度的勇敢来替自己争回面子；另外一种则是冒犯了藩主，做了使藩主蒙受巨大损失的事，被藩主下令严惩。

武士与藩主间有很紧密的个人联结，将武士绑锁在对藩主的效忠上，生死以之。一层一层的封建制度中，每一层的领主底下都有武士，武士绝对服从单一领主的命令，领主之上有大名、有藩主，遇到动员时就带着自己的武士前去帮忙打仗。

武士道的核心在于死心塌地的效忠信念，武士和主人间的关系是高于生命价值的。

要成为一个武士，必须有信仰，才会超越私人利益选择坚守原则。其次，武士还必须具备极为强烈的个人精神，虽然遵守的是集体的礼仪规范，然而在面对生死时，要有一种昂扬、确定的个人精神才能支撑他看破或蔑视生死。

坂本龙马自愿脱藩，成为一个失去保护、人人得而在路上杀之的武士，那就是他的个人精神超过了集体信条，他不再被拘限在层层封建关系中，以一个低级武士的身份选择以最高的天皇为绝对效忠对象。

他带领了这样的风潮，将武士道中的"忠君"和封建现实脱开来，从此愈来愈多人认定武士就是应该效忠天皇，陷入了军国主义的狂热，甚至规定只有天皇可以作为效忠的对象，所有的人都必须也只能效忠天皇。

不过在幕末的骚乱中，新的和旧的武士效忠观念发生激烈冲突。德川家诉诸旧观念，找了一群效忠他们的"新选组"武士，派到京都，以追杀倒幕武士为职责，闹出武士相争的连环血腥事件。

"回向东方"的骚动

夏目漱石看到、记录了幕末到维新的变化，尤其是敏锐地检讨了西化、现代化发展带来的心理冲击。他的小说中经常出现火车，因为火车一方面代表现代化带来的交通行动自由，然而另一方面，搭火车时只能和一大群人同时上车同时下车，走完全一样的路线，又代表了新的集体约束所带来的高度不自由。

夏目漱石来不及看到"大正民主"带来的另一次激烈转折变化——明治时期日本闷着头拼命学习西方，语言进来了，科技进来了，政治制度也进来了，一股脑地忙着、急着引进，却必须要等到"大正民主"时期才能消化到一定程度，将这些原本停留在外表的异质元素予以内化。

"大正民主"的"民主性"就在于要追求、创造一种贯彻在西方政治、法律、科技现象后面的精神力量，尤其是去探测、实验个人自由的"真实"体会。这个时期的代表性作家芥川龙之介写了很多小说，却没有长篇作品，而他的每一部短篇、少数中篇都用不同的方式写成，几乎没有任何两篇是同样的、重复的。他创作的重点不在于建立明确的自我风格，而是更重视探寻新形式，充分反映出那个重视自由、自由大爆发的时代气氛。

"大正民主"时代是狂风暴雨，一下子大发作，却又在短短几年后快速消散。造成下一次时代剧烈转折的关键因素，是日本自身无法控制的因素——第一次世界大战。

从"欧战"而扩展成"世界大战"的这场战争，彻底改变了欧洲，也必然改变了当时和欧洲关系如此密切、亦步亦趋跟随着欧洲的日本。日本正式参战，是试图进一步加入欧洲、获得欧洲承认的重要表征。然而，等到战争打完，几十年来作为日本羡慕、模仿对象的欧洲却不只遭受了严重破坏，还失去了原有的昂扬自信，精神上陷入最低沉的忧郁、沮丧。

他们无法解释，却又必须面对：依照人类的进步、进化论画出的轨迹，为什么本应该是人类进步最高峰的欧洲，得到的竟然是如此荒唐无意义的一场大战，将一整代的欧洲青年毁灭在堑壕战的战场上？本应该是到达了人类发展最高峰的几个国家，却选择了以最新的科学技术彼此毁灭、互相残杀。这是什么道理？

欧洲人自身失去了信心，那又如何让其他人继续羡慕、继续拥抱欧洲？当欧洲人都搞不清楚自己是什么，必须在迷惘中重新摸索时，原本跟在他们后面、依靠他们提供指引的人，当然不能再维持原有的态度了。

不只在日本，在中国也掀起了重新检讨、评估西方成就的思潮。两个社会都有了"回向东方"的呼声。不能再这样想当然地模仿西方了，应该回头整理自己手上原有的文明遗产，靠东方不同的智慧来避免，甚至来医治西方目前陷入的病状。经过了几年的酝酿骚动，一九三六年，日本爆发了"二二六事件"。

皇道派与统制派

一九三六年二月二十六日，部分日本少壮派军人发动政变，参与其中的大约有一千五百人，他们高喊支持天皇的口号，却得不到天皇的同情，由昭和天皇亲自下令镇压，到了二月二十九日，政变就以失败结束了。

"二二六事件"有许多曲折之处。首先，虽然是少壮军人发动、参与的，这却不是一场"军事政变"。当时日本"军部"有"陆军部"和"海军部"，这两个不同军种有他们不同的发展路线、战略倾向，也有不同的价值意识形态。到一九三六年，日本海军和陆军有了泾渭分明的目标，非但不一样，甚至经常彼此冲突。

其次，在陆军内部又区分为军官学校的毕业生和士官学校的毕业生，两种不同的渠道、不同的建制，产生了两种不同的心态与目标。这两种人也是泾渭分明的：士官出身的顶多只能升到中尉，军官学校的毕业生却从少尉、中尉开始他们的军旅生涯。

"二二六事件"的发动者是士官学校毕业升不上去的低阶军官，而且是属于"皇道派"的青年军官。"皇道派"之外，另有"统制派"。"统制派"服从政府，认定当时军事体制中最重要的是"建军"，着重于建军所需要的种种配备，并且将自己的前途和建军的成败结合在一起。

皇道派在精神上比较像当年的下层武士，往往他们也自觉地继承了武士道原则。在士官学校里每天要洗马、刷马，有很多健身锻炼的活动。受到武士道的强烈影响，这批军人极度重视个人效忠的绝对态度，因而他们愿意效忠的对象，不会是部队的长官大将，也不会是政府，只能是处于至高地位的天皇。

从他们的角度看，第一次世界大战之后的日本走上了错误歪斜的道路：国会混乱、财阀贪婪、民生凋敝，天皇的尊严也被统制派忽略，推到边缘去了。在此之前，倒幕下级武士的理想与精神，经过对中国与俄国的两场胜利战争，转而注入新建的军队，然而到了三十年代，进一步现代化的军队主流思想却不再支持武士道了。

统制派高层军官考虑的，是建军需要什么样的现代武器设备，要到哪里争取足够的预算，要如何调整和扩张部队组织，要对人力物力动员体系进行什么样的改造。这些不是下级军官需要担心、能够理解的，但从他们深深浸润在武士道中的价值观看来，他们看到的都是有形的、物质性的追求，失去了对于精神的强调，甚至这些高层军官都成了背弃武士道精神的错误示范。

原本士官学校与军官学校分途造成的不平之感，在这种情况下更被激化了。为什么在精神上如此堕落腐败的人，却可以压在我们上面，向我们发号施令，而我们必须毕恭毕敬地接受、遵守？下级军官心中充满了这样的不满。

对于统制派来说，他们的前途在军部，军事体制愈大，他们就有愈多位置、愈多机会；军事体制的预算愈高，他们就能控制愈多资源，得到权力与利益。在这方面，其实陆军还落后于海军。海军的建军方式很明确，造一艘军舰要有一艘军舰的费用，必定要预算先行。相对地，人没有那么重要，给再多的人，若是没有钱造舰艇，那就完全没意义。

陆军是到这个时候才逐渐调整赶上的，强调武器设备、军事投资上的重要性，把在国家财政中取得一定的资源，视为第一要务。从这个角度看，陆军高层的思考方式在朝向海军的模式倾斜。

一边是这些眼中都是预算、数字、物资的高层军官，另一边却是从洗马、刷马开始受种种贫困环境训练，被要求发挥精神力量来忍受匮乏、克服困难的士官与低层军官，陆军内部产生了严重的分裂。

一场失败的骚动

陆军下级军官强烈感受到自己的理想与目标被背叛了，于是他们抬出了幕末维新的口号——起义、勤王、王政奉还等，将自己想象为当年的倒幕志士，延续他们的精神发动了"二二六事件"。

这起事件只维持了三天便落幕了，关键在于天皇的态度。皇道派要恢复"皇道"，以天皇为唯一的效忠对象，然而当时的裕仁天皇没有接受他们的要求，很快就定调了——这是叛乱，必须镇压。陆军其他军官、海军军部也绝对不会同情、支持他们，他们靠着领头的少数军官，陷入孤立无援的情况，其中很多士兵甚至从来没搞清楚这究竟是怎么一回事，更没打算要参与一场政变。

看起来像一场闹剧。然而如此一场失败的骚动，在日本现代历史、文学上却极其重要，因为"二二六事件"改造、扭曲了在倒幕维新中如此重要的武士道。日本的军国主义并不是直接继承十九世纪的武士道而来的，而更像是在"二二六事件"中被刺激催生的另一种武士道。最大的差异在于：原先的武士道中，坂本龙马式的个人判断、那种独为理想奋斗的性格，在二十世纪中叶被压抑下去，改造成为高度集体性，乃至盲目服从的信念。

为了加强对于军人的管理，"二二六事件"之后，日本内阁改变了原先由退役将领担任陆军大臣、海军大臣的做法，转而任用现役大将进入内阁。然而实际的效果却刚好相反，这些在部队中具备指挥权的现役大将进入内阁后，非但没有帮助内阁控制军队，反而让军队得以掌握政府。

于是日本政府投入在建军上的资源愈来愈多，军队愈来愈庞大，战争的气氛随而水涨船高，从军部弥漫到社会上。军力愈大，愈需要有用兵之处来合理化如此庞大的军事开销；有用兵的理由就刺激了愈来愈强烈的军费需求，形成了循环加强作用。

"二二六事件"会发生在一九三六年二月，另有一个背景是在一九三五年年底，陆军第一军团奉令要在第二年春天三月之后，调派到伪满洲国去。当时彼此串联的少壮派军官必须把握时机，在离开日本之前行动。

一九三一年关东军策动了"九一八事变"，日本正式以武力占领中国东北，接着在一九三二年建立了伪满州国傀儡政权，然后又以中国东北为基地，侵入中国华北，这也是恶化了军部抢夺军费、扩张势力的一个重要因素。

三岛由纪夫有两部作品——《忧国》和《英灵之声》是以"二二六事件"为题材的。甚至到最后让他选择切腹自杀的信仰力量，也是和"二二六事件"中少壮派军人的"皇道"主张紧密联结的。三岛由纪夫内在黑暗且极其复杂的一部分，就在于他坚持认为战后的日本因为失去了天皇信仰而变得不可忍耐地孱弱、庸俗。人面对天皇信仰会产生的一种类似武士道的高贵性质，已经在日本社会荡然无存了。

三岛由纪夫要身体力行地去恢复这样的信仰，要用他的文学、他的行动，最后是他的生命去唤醒日本社会。他要像"二二六事件"中的这些人一样，去发动一场即使注定会失败的政变。他也没有打算看到这场政变究竟会成会败，用政变去推崇天皇，也是对天皇绝对权威的一种冒犯，所以他选择先切腹来谢罪，但他心中期待着这样的行动能够如"二二六事件"般，改变时代，开启一个新的追求阳刚勇武的时代。

如果没有历史上的"二二六事件"与后来的军国主义发展，也就不会有三岛由纪夫看似闹剧一场地闯入自卫队基地并切腹自杀的行为了。无论他的行为看起来多么荒唐，他自己心中有一份明确的精神信仰，和历史上的"二二六事件"紧紧缠绕在一起。

《细雪》留下的空白

将《细雪》放回它所产生、出现的那个时代环境，我们不只能读出小说中写了什么，还必然会感受到小说中"震耳欲聋的沉默"——小说中没有写什么。

谷崎润一郎经历了那样的时代，却在《细雪》的写作中选择了不寻常的立场。第一，他明明是个关东人，却刻意转投关西的怀抱，以尖锐的态度来表达关西人的立场与感受。

尖锐指的是他在这上面没有任何犹豫、任何悬念。如果不追究作者的生平，阅读《细雪》时读到的完全是关西气氛与关西风格，小说中每个人到东京去都必然觉得不舒服、不自在，差别只在于是短时间的不舒服，还是长久排解不了的不舒服；是生活惯上的不舒服，还是更内在的精神心理上的不舒服。

小说中"本家"鹤子一家搬到东京去，在要转型为东京居民、东京人的过程中，产生了所有的痛苦与不堪。以关西为本位，小说中多次提到鹤子家的小孩有了东京腔，那是令人不舒服的早早投降。到东京时遇到了下雨，是感觉和京都的雨都不一样的一种不舒服。雪子有一段时间住到东京去，小说中的描写简直像是她被绑架了，整个人愈来愈消沉，必须要等终于能回到关西，她才活了回来。

这是在高度关西偏见下的描述啊！然而竟然是由一个身份上的关东人写出来的。

第二个奇怪的立场是：一位男性作家所写的大长篇，却从头到尾都没有男性的视角。小说主要围绕着次女幸子，从幸子的主观情绪延展出去，联系到其他三个姊妹。这是一个女性、母系的家庭，从女性的观点看出去，男人相对地都成了边缘上阴影般的存在。雪子和妙子的婚姻与爱情占了最主要的篇幅，再加上幸子自己的家庭问题。

追索这样奇怪立场的由来，引领我们得以更进一步探问：

谷崎润一郎在小说里隐去了什么没有说、没有写？既然没有说、没有写，我们要如何知道，甚至如何察觉确认那里有一片空白？又如何确定那片空白是故意留下的？

这也就涉及读小说要不要深入了解作者及其时代。不能单纯读小说作品本身，不去管作者是在什么社会、什么环境下写出了这部作品吗？尤其是如果我觉得小说很好看，对小说能产生共鸣，这不就够了吗？为什么还要费力气知道小说创作的外缘因素呢？

一部分原因是，唯有了解了作者及其时代，知道了作者面临什么样的环境，这样的环境给予他什么样的刺激乃至困惑，让他起心动念写出这样的作品，我们才能不只读到写在作品里的内容，甚至能进一步探索他没有写什么，对什么事情保持沉默。

一个关东人却采取了关西的立场，一个男人却采取了女性的立场，当谷崎润一郎写《细雪》时他已经是个极度成熟的作家，对于写作有了高度的自觉，很清楚自己在写什么、为什么这样写。

他在明治时期长大，大正年间开始写作，又经历了昭和年代军国主义兴起，一直到战争爆发。写《细雪》时他的国家正陷在一场持续扩大、愈来愈可怕的战争中，但他却写出了一部仿佛战争不存在的小说。

战争几乎没有影响莳冈家的生活，只隐隐约约在边缘闪现着。这家人关心的，是雪子该如何嫁出去，妙子如何恢复正常生活，都绕着女人和小孩在思考。小说中没有上战场的男人，女人和战争的关系顶多是送男人出征。

用关西女人的角度来写这部小说，当然不是偶然的。这不是一群在和平时代的关西女人，而是一群因身为关西女人，才得以和战争保持最远距离的人。在战争似乎笼罩了一切、改变了一切的骚动时代，谷崎润一郎决心要写骚动还没到来、改变还不曾发生的那个日本。

《细雪》中大阪家族的设定

选择关西，尤其是大阪，是为了跳过武士道。武士道在现代日本国家体制的建立中再重要不过，以至于在战争中想到日本就会想到武士道，认为全日本都是武士，都是由武士精神贯彻了。

然而在关西主流的文化，是古老的贵族文化、高度女性化的品位。关西和武士关系最密切的只有在幕府末年，许多志在倒幕的武士跑到京都来，造成京都一度的混乱，甚至在"樱田门外之变"后引发了京都大火。但这明显是外来的，不是关西正统文化内部本来就有的。尤其后来连天皇都搬去东京了，武士以及相关的政治骚动，更进一步远离了关西。

谷崎润一郎选择了想象中距离战争最远的背景，一个在关西、深浸在商业文化中的家族，而且是一个只有四个女儿，没有男性的家族。大阪人带有土气，连在商业上从事的往往都不是什么时髦行业。于是他们的保守、落伍最适合来彰显：跳过了现代日本，跳过了军国主义，跳过了武士道，那样一种底层的、根本的日本价值。

谷崎润一郎经历了这些时代变化，承受了时代带给他的种种折磨，再加上翻译《源氏物语》给予他的扎实训练，这时他可以大刺刺地对着战争与军国主义说：管你们的，这些我都不要，我可以抛弃这些、跳过这些，仍然写出一部最"日本"的小说来。

当然，一个杰出的作者通常会写出超越自己的、更丰富更复杂的作品，供读者从不同角度去阅读和感受，不必拘泥于作者的动机。但探知作者的用心毕竟还是会让我们对于作品中的设计安排更敏感，进而读出更多意义来。

夏目漱石的作品始终贯彻关心"人情"与"非人情"的纠结，其动机当然是批判"人情"的拘束与追求"非人情"的自由。然而他将这样的主题写为小说，小说中就不会拙劣地、黑白分明地颂扬"非人情"，贬抑"人情"，而是显现出两者缠绕纠结的情况，让我们体验，刺激我们思考。

谷崎润一郎摆出一个态度：你们每天都在战争中，你们认为除了战争以外就没有、就不可以有生活，我却清楚呈现了，在战争之外，日本还有很多其他的生活元素。但他也不会用黑白分明的方式，将战争以外的生活写成理想美好的，他还是描述了战场以外日本人生活中的悲欢恩怨。

《细雪》的潜文本

也许是为了用耸人听闻的词语来宣传卖书吧，台湾出版社很喜欢用"恶魔作家"来形容谷崎润一郎，甚至有些版本的《细雪》腰封上都出现了这个宣传词。如果只读《细雪》，要从哪里去感受"恶魔"的特性？

谷崎润一郎的"恶魔"性质必须到他之前的作品里去寻找，到了《细雪》，他像是脱胎换骨去除了"魔性"，勉强可以和"恶魔作家"头衔连接的，只有妙子这个角色。

妙子和雪子都有两面：一面是没有战争、没有军国主义情况下的美好，但同时还有另一面——在那种环境中的煎熬。写《细雪》时，谷崎润一郎从之前习惯的写法中脱离出来，写了几十年却还能如此决然突破，不用那种为他得来许多读者、容易吸引眼光和掌声的戏剧性奇情写法，回归到相对缓慢平淡的笔致，将所有得以哗众的噱头都拿掉。

之前他擅长写形象上很不传统、浑身充满肉欲，并在欲望中夹杂毁灭恶意的女人。而且往往是从被害者的角度写的，主要叙事者是被这种女性吸引、折磨进而吞噬的男人，以至于让小说带有浓厚的 SM 式异色。在他的招牌"恶魔书写"中，女人过多的欲望带来毁灭，欲望与毁灭基本上是合二为一的。欲望会毁掉女人自身，然而在过程中制造了一路的废墟，毁掉了好些男人的生命作为垫背。

在具备强烈自我欲望的方面，妙子和之前那些作品中的女性有共同之处。不过即使如此，到了《细雪》中，谷崎润一郎的写法也很不一样。他不再那么沉迷于表现近乎病态的戏剧性，更有诚意地将这样带有浓厚欲望的女性放入现实，同情地去描述、去体会她的身体欲望、爱情欲望、与性有关的欲望给她带来了多大的痛苦！

她怪物般地存在于压抑、否定女性欲望的日本传统环境里，陷入了一条几乎没有出路的死胡同。这是谷崎润一郎以前的小说中没有的一种困境，让读者感同身受地看见在死胡同中走不出来的女人。

这样写妙子，完全不带一点恶意，也没有一点冷眼旁观的嘲讽。因为同情，真正同情所以才能写出那样的死胡同。妙子有太强烈的欲望与自我主张，所以年纪很轻就冲动地和奥畑私奔，然而却因为是自己选择的，又用了如此激烈的方式，她无法离开奥畑，不能和奥畑分手。

但她又遇到了板仓。在大水灾中，奥畑去蒔冈家等妙子，没有耐心等下去，先走了。板仓却是寻了她可能去的地方，最终在学校里冒着生命危险将她救回来。于是妙子挣扎了——在高傲的没有付出那么多爱的奥畑，和身份不对的板仓之间挣扎。

这是谷崎润一郎从前的作品中不会给"魔女"的现实考验。妙子有强烈的欲望，然而在现实日本社会中，能够应对、匹配她欲望的男人，要具备相当的现代感或高度叛逆性，很难找。

她遇到的两个男人都是灾难。其中一个和她同样是从固定社会秩序中游离出来的人。脱序的人遇到另一个脱序的人，在一起要如何在社会秩序中安身呢？板仓不是这样的人，板仓吸引妙子的，是他不满意于自己原来的位置，意欲突破社会限制的野心。和妙子一样有狂放欲望的人，不管是疏离社会还是投入社会的，都只会带来生活上的灾难。

妙子竟然和个性彻底相反的雪子陷入了同样的困境。雪子的情况是她只能遇到愿意去相亲的男人，都是那种配合社会规范、压抑欲望、压抑自我的男人。雪子不可能完全消去自己的个性与欲望，这样的男人对她一点吸引力都没有。两个同样压抑欲望的人，在一起也只会带来生活上的灾难。

谷崎润一郎将男性、阳刚、武士道、军国主义都拿掉了，去看日本价值还能剩下什么。在这部小说中，没有男主角，甚至没有一个像样的、可以让高仓健或阿部宽去演的男性人物。他们不只都没有显眼的个性，甚至没有清楚的面目。这不是偶然，应该说这是多么难以达成的目标——在战争环境中写出一部完全不让人联想、讨论相关阳刚价值的小说。

谷崎润一郎却在《细雪》中做到了。他让小说里的角色去关心战争以外的事，于是创造了潜文本中的一个提问："这到底是谁的战争？"叫得很大声，号称是日本的战争，是国民的战争，然而战争真的比小说中莳冈家女儿们所关心的生活更重要吗？武士道、军国主义、战争比她们的生活更能代表日本，更贴近日本国民吗?

谷崎润一郎成功做到了,让莳冈家女人们的生活紧紧抓住我们的注意力,我们认定了其重要性,于是小说潜文本的主张悄悄地成立了——生活比战争重要,一个要人们接受战争比生活重要的时代,是有问题、不对劲的。或者说,这样的时代给予你的答案、要你接受的答案,不见得是对的——至少不是唯一的答案。

第三章

谷崎润一郎的
"和文体"

从《源氏物语》看日本语言

谷崎润一郎写过一本《文章读本》，里面提到了他翻译《源氏物语》相关的事情。之前说过，即使是谷崎润一郎第三次翻译的《源氏物语》，他自认最通顺、最流畅、最容易读的一个版本，我都还是读不懂。这牵涉到我的日文程度问题，更牵涉到我平常读日文的不良习惯——太过于依赖汉字，从来没有重新认真理解日文中的每一个汉字，大部分都是立即凭借着中文的读法看过去。然而谷崎润一郎在翻译《源氏物语》时，是刻意一次又一次地减少使用汉字，所以虽然他尽量用口语来写，我还是遇到很多障碍看不懂。

一般日本人之所以不能直接读《源氏物语》，是因为紫式部用平假名将平安时代的古日语记录下来，模仿当时人的声音来写。时日久远，语言有了很大的改变，现在的人听不懂以前的人说的话，也就读不懂《源氏物语》。

就像现在的英国人无法直接读《贝奥武夫》，虽然这是英国文学史公认的开端，一首重要的史诗。《贝奥武夫》用的是中古英语，一直到杰弗雷·乔叟（Geoffrey Chaucer）的《坎特伯雷故事集》都还和现代英语有很大的差距。表音文字记录声音，如何讲话就如何写，于是写下来的内容遇到语言的变化时，几百年后就对不上后来的语言，也就让后人读不懂了。

有些变化有规律，古英文和现代英文有些不同拼词是可以追索的，某个元音会转成另一个元音，词尾会多了或少了某个子音。最麻烦的是不只音会转，往往连文法都会改变，甚至语言中的一些用法在时间中消失了。所以必须有特殊的训练，才能具备那样的能力将古英文或古日文翻译、转写成现代英文、现代日文。

有意思的是，使用现代英文的人去读三百年前的《鲁滨逊漂流记》就不会看不懂了。顶多是认几个当时的用词，知道那些词等同于今天的什么词，就没问题了。为什么这三百年来英语变得那么稳定，不再有制造阅读隔阂的变化？那是因为人类进入了空前的高识字率时代，很大比例的人都学过认字，又有报纸、书籍可以取得，可以看，于是倒了过来：人们所读的文字规范规定他们该如何说话，靠着共通的文字将语言固定下来。

人类历史上大部分的时间中，识字的人口比例很低很低。紫式部或写下《贝奥武夫》的人，是社会中的极少数。这些人拥有难得的能力，可以用字母、符号记录语言，却无法控制外面的人如何使用语言，无法阻止语言在别人的使用中被改变了。

不过日文并不是单纯的表音文字。日文的假名是用来表音的：あ、い、う、え、お这几个从中文草书借来的符号，每一个都代表一个音。语言中发出"a-ge-nu"的声音，就可以对应写成"あげぬ"。

但除此之外，日本又引进了中国的汉字，和假名杂用。汉字不是从这种文化自身中长出来的，配合、对应已有的语言时就产生了困扰，这番困扰其实在日本历史中延续了几百年。在几百年的运用中，才算将汉字的读音大致固定下来，但固定得不统一。几乎每个汉字都有两种读法，一种称为"和读"，另一种是"汉读"。例如"启"这个字如果读成"kei"，和中文发音很接近，那是"汉读"；但"启"有时也念"ake"，那是因为这个字有"开"的意思，所以依照日语"开"的动词来发音，那是"和读"。

而且"和读""汉读"都有明确的脉络，不是一个字单独出现就可以决定到底怎么读的。"啟ける"依照"和读"念作"あける"，"拜啟"则依照"汉读"念成"はいけい"，前者是用外来、后来的汉字记录已经存在的日语，后者则是因为有外来的汉字才在日语中增添的发音。

"和文体"与"汉文体"

日文必须引进运用汉字，最根本的理由是日文和中文一样，都没有结尾的子音变化，所以会有很多同音字词。说话时可以靠音调或短暂的停顿来区别，但写成表音的记号就容易产生混淆。像是"筷子"和"桥"的发音都是"hashi"，所以要表示"桥头掉了一双筷子"就很难说清楚了。有了汉字字形的明确区分，文字可以避开许多混淆，当然方便得多了。

可是在历史中形成的声音和文字符号之间关系实在很复杂，像是日本庭院中经常见到的一种装置：角落里一段剖半的竹竿接水，接到一定程度时，水的重量使得竹竿往下倾，盛在竹竿里的水倒出来，竹竿空了、变轻了又往上弹回去，于是竹竿尾端就急急敲在石头上，发出"咚"的一声。

这是传统日式庭院很重要的声音美学设计。每隔一段时间，就会发出"咚"的声响，那一声"咚"引发注意，于是听见了细细潺潺的水声，然后进一步感受到寂静。虽然是声响，但真正的作用是要人听见无声，感受到庭院里的寂静。借由偶尔的有声，反衬出一直都在的无声，是非常巧妙的设计。

这样的装置，叫"そうず"。因为"そうず"的发音有很多其他的指涉，所以一般会用汉字写作"添水"，同时用汉字表现出其功能。不过如果去京都诗仙堂，你会发现那里的そうず却写成了"僧都"。发音也是"そうず"，但转成这样的汉字写法，就有了不同的含义，凸显出由自然机制产生的规律的声响，很像敲木鱼。变成是自然模仿人，一个和尚缓缓地敲木鱼念经，甚至是因为昏昏欲睡以致久久才敲一次木鱼。人为与自然巧妙结合呼应，浮现出一份禅意来。

理论上日文中的每个汉字都有对应的声音，都能还原为声音，但汉字和假名不一样，必然带着形体所显示或暗示的意义，在听觉之外，多增加了视觉的元素。《文章读本》中谷崎润

86

一郎就特别强调了这一点。

谷崎认为，日文中代表声音的假名，和从视觉上产生意义的汉字，从来没有完全融合。而且他反复强调日语是很贫乏的语言，没有足够的语汇，必须要靠汉字来扩充语汇。像是汉字中的"开""启""张""扩"这几个字有着不同的含义，然而在日语中，如果单纯听声音，这几个动词只有一个声音，是同一个词语。日语中的一个动词，必须靠汉字才能表达出四种，甚至更多的意思。

他写《文章读本》的前提就是讨论如何运用如此贫乏的日语写出好文章来。所以这是一次纯粹针对日文、针对日文写作者的讨论，使用中文的人看了完全无法应用在中文写作指导上。

关键的重点在于要充分认知日文的特性——一部分是声音的流荡，然而另一部分是视觉性的，会将流荡的声音止住，让声音停滞。假名的部分和汉字的部分有不同的声音效果、不同的声音节奏，让人阅读时在听觉和视觉间频频游移、切换。

谷崎润一郎自己是从翻译《源氏物语》中得到了深刻的体会，区分出日文中的"和文体"与"汉文体"，或说"和文调"与"汉文调"的差异。对他来说，这是最重要的文体观。并不只在于运用多一点或少一点的汉字，而是写出属于那一种声调的文体。"和文体"基本上是声音性的，追求流畅而华丽的声音，要尽量让声音丰富成为其美学规范。而相对地，"汉文体"是简洁而固定的。

语言中的"声音"性质

《源氏物语》带着强烈的说话性质，是女性在宫中说话的语调，而且是女性之间借着有些琐碎、八卦的故事来彼此娱乐、打发时间的风格。谷崎润一郎对这部作品如此在意，根源在于他自己是一个对声音极其敏感的人。

这对我们是很好、很重要的对照提醒。处于中文阅读环境中，人们很容易失去声音敏感性，甚至对自己不常用的文字的声音性质都没有自觉了。我们会单纯将阅读当成视觉性的，浑然忘却了每一个字的背后都有一个相应的声音，阅读时这些隐性的声音仍然在响着，在我们心中不自觉地干预我们对于字句的感受。

二〇〇〇年到二〇〇四年我曾经在《新新闻周刊》当了四年半的总编辑。那时候这本杂志在台湾影响力很大，然而以政治新闻、政治评论为主体，却使得我们很难推杂志广告。我们有新闻伦理上的坚持，完全不接受植入性广告，我们的读者被视为有强烈意见却不见得有高收入的群体，广告对他们作用不大，所以客户不会积极想要利用这本杂志来推广销售。而当时的台湾媒体环境已经不可能让人单靠卖杂志来维持运营了，印刷、发行成本节节升高，要有真正的盈余，非从广告来不可。

于是就产生了我当总编辑那几年遇到的无奈情况。《新新闻周刊》支付不出比较高的薪水，除了少数几位资深记者之外，只能招收年轻的、没有什么经验的同事，然后靠着几个在新闻界打拼够久的"老贼"从头训练起。但等到将这些年轻人训练得差不多了，很快地，同行就会用比较优渥的待遇将我们的记者挖走。

那时候我们常常自嘲：办杂志是副业，真正的本业是开训练班，帮全台湾的新闻媒体训练出一批又一批的好记者。那真是令我们心酸的社会贡献。

我记得很清楚，有一阵子我几乎可以准确预见哪一个记者即将被挖走，大概多久之后就要收到这个年轻人递上来的辞呈。那是一种不怎么值得自豪的能力，来自我看这位记者写的报道，尤其看他有没有学到如何运用声音，在文字上安排长短错落的句子，将稿子念出来时是否流畅好听。一旦在文字上有这种素质，就意味着不管他写的内容是什么，读者都会觉得好读而且有说服力，当然那些专业、格外注重文章说服力的杂志编辑和高层内容主管就会动念来挖角了。

注意到中文文字内部的声音很重要，很简单的方式就是将文章念出来。一旦念出来，就会了解有些写法好念，有些却很别扭、不通顺。通常也很容易能够察觉：之所以别扭是因为有些句子没有头，有些句子没有尾，更有些句子没头没尾。再进一步，你会意识到声音有调子、有节奏、有韵律，有好听的有不好听的，有吸引人自然进入的，也有让人感到不耐烦的。

一个好的作者，能够吸引广大读者的作者，像是龙应台，写的文章会有特殊的节奏，能创造出吸引人的声音风格，即使是同样的内容，用那样的节奏、风格写出来，也能够让读者觉得特别亲切或特别雄辩有理，因而愿意读、愿意接受。这是真正具备修辞能力与实现写作效果的基础。

台湾现在的语文教育完全没有这方面的概念，只创造出一套实际上破坏小孩语感的方法。用比赛要小孩硬认硬背一些可能一辈子也用不到的字如何发音，用考试要小孩背一堆修辞学的专有名词。然而最基本的，让孩子听到自己说的话，知道说话声音和内容之间的关系，再理解文字内部的声音、声音的好坏与说服力，这些连教学的老师都没有概念，连改考卷的老师都不觉得自己需要学习、需要掌握。

难怪我们的生活中充满了难听的声音，充满了没有说服力的声音，不能用节奏与韵律来吸引人，要人家注意时就只能加大音量，大吼大叫。

古日文语感的《源氏物语》

谷崎润一郎非常重视语言声音，川端康成也是。所以要真正体会他们作品的内涵与美学，我们自己先要试着在中文的声音和节奏上去训练语感，至少明了语言声音能够产生的好坏美丑差异。

龙应台有龙应台的声音，蒋勋有蒋勋的声音。用了龙应台的节奏与韵律，会让读者在那潜在的声音里感觉她说的话都很有道理；用了蒋勋的节奏与韵律，会让读者在那潜在的声音里感觉他描述的现象或感怀，都那么美。

我的老朋友、台湾杰出的现代诗人杨泽在诗集《人生不值得活的》之后，将近二十年没有出版新的作品，一直到二〇一七年才又出版了《新诗十九首》。前后对照最突出的是，他勇于放弃了之前在诗中的独特声音，有意识地开发、换上了另一种声音。

杨泽原本就是台湾现代诗人中最重视音乐性的。最早的《蔷薇学派的诞生》中还听得到类似杨牧的节奏感，然而到了《仿佛在君父的城邦》，他就打造出自己的声音了，一种仍然高度抒情，却比杨牧更多加了摇滚节奏，速度更快也更多转折的音乐性。

二十年后，他高度自觉地让诗的声音返璞归真，回归到更像歌或更像中国近体诗崛起前的古代五言诗的朴素形式。诗集取名为"新诗十九首"，明显是以《古诗十九首》为对应的。《古诗十九首》还没有受到"四声八病"等韵学规律的限制，在五个字一句的约束下，诗句内部的声音却相对自由。杨泽也用了简短的句子，句子内部晃漾流荡的韵律创造出新的音乐性来。

在《文章读本》中，谷崎润一郎提到了在他之前的《源氏物语》译本，是出现在前一个世纪之交的与谢野晶子的版本。那个译本出版时，找了当时的大文豪森鸥外写序，序言中森鸥外婉转地表示自己读《源氏物语》时常常没办法让文章内容进入脑袋中，因而会有"这真的是名著吗"的疑惑。

说白了，森鸥外无法欣赏《源氏物语》，而且他不觉得那是他的问题。因为事实是，和他有相同感觉的人很多，尤其在西方现代文学进入日本后更多、更普遍。一千多年来，《源氏物语》当然得到了毁誉褒贬不同的评价，虽然有经典地位，但也常常有人表示对那样支离破碎又极度啰唆的写法望而却步，没有办法读下去，具备太强的催眠效果了。

谷崎润一郎对于这个现象，提出了鲜明的看法——那些讨厌《源氏物语》的人，几乎都喜爱"汉文体"胜过"和文体"。他们认为文章与其流利，不如简洁。倒过来看，《源氏物语》可以当作一个人的文章美学观倾向于"汉文体"还是"和文体"的试金石。

对谷崎润一郎来说，《源氏物语》将古日语的长处发挥得淋漓尽致，也因此，喜爱男性化、简洁有力、声韵清晰"汉文"式语调的人，会觉得《源氏物语》不干不净、拖泥带水，没有清楚的表现，将一切叙述都放在朦胧之中，得不到断然的快感。

他用这种方式明白地区分界定了"汉文体"与"和文体"。

《细雪》的"和文体"展现

在谷崎润一郎的文体观中，"汉文体"是男性的，声音铿锵有力;"和文体"的声音却是拖连的,黏在一起延绵不断。而声音不可能独立存在,声音的表现必然影响内容的呈现。"汉文体"说出来的内容明确且带有权威强制性,"和文体"则充满了犹豫不确定,似乎说话的人自己都不是很知道要说什么,更没有把握自己要说的是对的、是值得说的。

然后谷崎润一郎将这样的文体划分,运用在对于同代作家的区别上。他举例:夏目漱石、志贺直哉、菊池宽、直木三十五是"汉文体"的代表;而泉镜花、上田敏、久保田万太郎、宇野浩二是"和文体"的代表。

这份对照名单放在华文阅读的环境中,有格外鲜明的准确性。在华文世界中,"汉文体"作家更加受欢迎,夏目漱石名气很大,作品中译本也很多;志贺直哉的《暗夜行路》是公认的日本文学经典,历来出版过好几个中译版本;直木三十五因为菊池宽所创办的"直木赏"而长期留名;"芥川赏"则因芥川龙之介公认的地位而闻名。

而相对地,谷崎润一郎列出的属于"和文体"的几位作家,相较之下都在华文世界寂寂无名,很难找到作品中文译本,很少有中文读者。

谷崎润一郎要凸显的,是"和文体"的委屈,在日本受到的重视程度远不如"汉文体",而他将自己视为"和文体"的作家,而且肩负着看守并提倡"和文体"的重责大任。

"汉文体"和"和文体"的区别,还可以用其他几种方式来表达。例如"清晰派"与"朦胧派"，或是"斩截派"（"流利派"）与"绵延派"，或是"固体派"与"液体派"，乃至于"男性派"与"女性派"，等等。

对谷崎润一郎来说，还有一个更干脆更清楚的区别描述法——一边是"《源氏物语》派"，另一边是"非《源氏物语》派"。他的态度如此明确坚决，看得出《源氏物语》对他的影响如此关键。要读要理解谷崎润一郎，尤其是要读要理解《细雪》，我们还真的不能不读《源氏物语》，以《源氏物语》作为参考基础。

在《文章读本》中他说：

> 《源氏物语》派的文章流畅如水，毫无停滞的地方，毫无停滞，一直不断流下去的调子。写这种调子文章的人不喜欢凸显一宁　语的印象，就这样，从一个单字移到下一个单字，而且为了要让连接的地方不明显，都尽量写得平顺、流畅，从一个句子到下一个句子的移动，也把句子跟句子之间连接的界限给弄得模糊。在哪里是前一个句子的结束，哪里是后一个句子的开始？刻意不清楚，接续界限不清的好几个句子串联下去，会变成很长的句子。

这种句子不是随手任意能写出来的，需要一定的技巧。在日文中要串联两个句子，因为没有适当的关系代名词，为了避免混淆，不得不将句子拆开来，但是擅长写"和文体"的人有本事不需要任何关系代名词将句子一直延续下去。而这就是《细雪》的写法：经常句子和句子间换了情境或换了主体，谷崎润一郎都还不换语气不断句，让句子持续绵延，那在日文原文中很难写，也是翻译时最难仿作译出来的。

例如原先是描述幸子心中的想法，然后她丈夫来了，转而和她丈夫说话，一个是内心独白的声音，一个是有对象的发言，而且看起来是两种内容，但谷崎润一郎会让句子不中断，从内在独白流到外向发言。如此而产生了分成两句不会有的一种特别表现——内在独白与外向发言之间有着微妙的、似有似无的联结，而不是单纯的、分开的两回事。不完全是丈夫的出现打断了她的想法，她的想法一定会影响她如何对丈夫说话。

贝多芬与舒伯特的对比

对于声音的讲究，也就是一种类似对待音乐般的态度。我们可以用西洋古典音乐的发展变化，当作谷崎润一郎文学态度的脚注补充。

西方古典音乐的作曲家手中，可以粗略地分成两种不一样的创作语法：一种是叙事性的，要描述什么，会表现音乐上的什么模式与结构；另一种则是感受性的，主要在于诉诸感情与感受。类似的分别，在现代诗的作者与作品中也可以清楚地看到。

聆听、阅读前一种作品，要去分析要去解释，才能充分欣赏作者的巧思与创意。这种作品有着理性的安排，有些重要的元素与构成，是要让人想去了解的。然而后一种作品，却不是要让人"知道"什么，而是要让人"感受"什么。前者的叙事性与后者的感受性形成对比，从而发展出很不一样的形式，用不同的方式说话。

那种叙事性的音乐是线性的，有清楚的方向感。古典主义音乐在海顿手中确立了方向的重要性，"呈示—发展—再现"是一种固定的方向，"快—慢—快"是一种固定的方向，"回旋"形式的一再重来却又有延伸变化，也是一种固定的方向。而且落实到最基本的乐句单元，前面渐强到中央之后渐弱下去，这样的方向安排构成最自然的一个句子。

到了贝多芬的手中，就更明显了，要有清楚的结构，结构带有近乎不可改变的严谨性，只能用这种方式将音乐中要表达的内容呈现得清清楚楚，每一个段落，甚至每一句都有在整体乐曲中的特殊作用、特殊意义，所以用这种方式放在这里。即使是有一段听起来调性不明，在不同调之间暧昧徘徊，这样的模糊也不是真正的模糊，是为了作为后面豁然开朗的前导铺垫，仍然有着乐曲整体间的明确作用。

然而我们不能用听贝多芬的这种严谨理解方式听舒伯特的作品，尽管两个人的创作时间很接近。舒伯特的作品有着高度的即兴意味，就是逆反理性设计安排的。去追索理解舒伯特的方向、行进、结构，我们要么会被他那样不断转调回绕的音乐弄得昏头，要么会被那似乎无止境的重来反复弄得很不耐烦。

舒伯特没有要用乐句与乐句间连接形成的结构顺序讲些什么，没有要你去听清楚每一个句子，思考前一句和后一句的关系道理，而是要你去感受音乐，以及音乐带来的气氛与感觉。

很明显地，听肖邦音乐的方式，应该比较接近听舒伯特作品的方式，而不是听贝多芬的。肖邦钢琴音乐最迷人却也是在演奏上最困难的，就是他的乐句没有明确的开头与结尾，不会有这句到这里结束、下一句从那里开始。这个音，或这组音，既像是属于前一句，又像是应该归于下一句。

肖邦的乐句有着近乎可以无限延长的弹性，每一个断句都不是确定的，毋宁说比较像是不得以、不能不勉强稍微区分一下前句和后句，但前句和后句仍然千丝万缕地彼此联系着。

像他的《幻想波兰舞曲》多么难演奏啊！从第一个和弦就必须创造出往后联结的一种高度神秘感，每一个句子出现都必须和前一句似连非连，又要勾出下一句营造的气氛，绵延不断，一直流淌，一直前后回荡。

如果没有一种想将乐句延续下去、想要实验乐句的各种延展性的冲动，是不可能弹好《幻想波兰舞曲》的，甚至弹不好任何肖邦的作品。

话语中的性别特色

谷崎润一郎真的很重视声音的结构与效果，他自觉地将自己摆放在"和文体"这边，还刻意挑选志贺直哉作为对面"汉文体"的代表。他认为那一代的作家中，志贺直哉的文字最符合"汉文体"的要求，充分做到了"简洁"，完全没有一个赘句，像是全身没有一分肥肉似的。

他喜欢用志贺直哉的作品来解释"汉文体"有什么样的美学标准，在这种美学中适合表达什么样的内容、展开什么样的情绪，与"和文体"很不一样。

《暗夜行路》是一个男人彷徨奋斗的故事，而用"和文体"写成的《细雪》却必然带着浓厚的女性意味，不可能挪用来写男人。"和文体"的性别有一部分来自《源氏物语》，另一部分，更根本的，来自日本社会中女性说话的方式。

男人与女人使用语言的方式不一样，在传统日语上有几项重点。

第一是女人说话带着不明确、不决断的态度，不会经常使用肯定句、陈述句，而是更多使用否定句或疑问句，乃至于否定和疑问的混合。要表达肯定也会用"不是这样吗"的句法，简单的陈述也会加上主观感觉的形容词。还有女性不会轻易动用命令式，却有很多添加否定疑问结尾的祈使句，如"不能拜托你去……吗"的句法。平常语法中形成问句，要有"か"在句尾，然而女性语言中很多不以"か"结尾的句子都能以微扬的语气形成"准问句"，问句口气比实际文法呈现的要多得多、普遍得多。

如此等于是借由磨去了语言原本必然的发言立场，而使得语言没有那么多棱角。层层的问句到后来分辨不清究竟是对听者提问，还是对说话的人自身提问，产生的效果是对于所说的话并不坚持，甚至没有自信。日本传统女性语言的出发立场是：我要讲这件事情，我猜你大概会反对，可是你的反对可能不是完全百分之百的，所以也许我是对的。在否定之中保留肯定的可能性。

运用双重否定，先站在你的立场，觉得你不会同意我，然后寻求：也许有机会你的不同意不见得是对的。所以连环的问句构成反复商量的气氛，这样好吗？这样可以吗？那就不只是请求回答，而是提供可能性让对方做决定。

第二是女性的语言会不断延长，好像话总是没有说完，就不可能决断，不会清楚肯定，一直在犹豫游移中。女性说话时会不断在句子里增添各种看似没有实质意义的声音，愈长的句子就显现出愈恭敬的态度，所以"敬语"基本上都是以拉长字句或语法来构成的。在日语的逻辑里，愈简短的表现方式就愈粗鲁，"ある"很没礼貌，"あります"比"ある"长也就比"ある"正式、有礼貌，而"ございます"[1]更长也就更客气了。

有一些过去式或被动式语法，也会因为有增长语句的作用，

1　这几个日文词汇都表示"有""存在"的意思。

而在不见得有表示过去或被动意味的句子中，被用来形成敬语。敬语有极其丰富的变化表现，又是日语的特色，是其他语言所没有的，因而如果放弃这种语法，等于是放弃了日语作为一种语言最大的资产。

刻意被拉长的句子

现代人会觉得日语中的敬语很啰唆、很空洞。讲了一大串话，其中只有一点点实质内容，是一种纯粹形式上的表现，不改变内容，只改变态度。不过谷崎润一郎在这点上有着坚决相反的看法。

他从《源氏物语》中学到的、要从《源氏物语》中去复兴的，是长句真正的用法。将句子里不重要的字词拉长，同时省略了重要的字词，像是挖空了关键的内容，然后填塞上敷衍的表层，但这种句子真正的写法与读法，是创造出一个一个"阴翳"的意义空间，在那里恍惚若有物，让人好奇想要靠近，无法再靠近时只能眯着眼并动用想象力来猜测阴翳中藏着什么。

这就和他的《阴翳礼赞》结合在一起——房子里最重要的部分，最私密也因而最关键的事会发生的地方，一定有着重重的阴影。最美的事物绝对不是在大太阳底下看得清清楚楚时会体认到的，而是有阴影就会有遮掩，使得想象力补充产生比现实更美好的、现实中不可能存在的虚实之情景。

最有意义的话，是没有完全说出来，有所隐瞒、有所空缺的话。因而书写的行动，不是一般认定的"填充"，毋宁说是要先"挖空"，决定了要挖掉哪些，将哪些置放在阴影中，然后才小心地环绕着这些空洞装填许多字句，不是让字句表达意思，而是让字句呈现空洞，让人意识到空洞的存在，去探索、去填补空洞。

一个只有五个字的句子无法形成环绕空洞的作用。句子拉得愈长，愈能让人感觉到，并好奇和疑惑说了那么多却一直没讲出来、讲不出来的是什么。

那是完全不一样的行文表达方式，和语气有很密切的关系。需要运用一种绵延的语气，绵延不断产生绕圈圈的感受，不是直来直往的方向性，才会出现一个空洞的中心，想知道那被绕着的中心在哪里、是什么、有什么。

绵延不清楚，切开一段一段，前前后后的句子都彼此相关、彼此干扰，没有明确独立的意思，于是文字的意义就成了空洞或陷入了黑洞。

对照中国，语言文字都带有高度的男性独占特性，女人很沉默，不容易找到女人的声音。然而在日本，从平安时代以降，女性语言一直传留下来，以完全不一样的方式对待被压抑不能公开表达的意念与情感。她们说很多话，话语滔滔绵长，却将最主要、最重要的放置在没有讲出来的空白、沉默里，借由滔滔不绝中的空白、沉默，反向地凸显出来。

"和文体"有很多声音，却绝对不是大吵大闹，声音里面没有那么多情绪，情绪是在由声音包围的无声之处，在声音之外，在声音平息了之后的沉默里。

长期思考、浸淫于《源氏物语》之后，谷崎润一郎在这种声音的敏感与洞见方面，超越了所有的人。

虽然是个男人，但谷崎润一郎认定传统女人说话的方式比男人的漂亮美好，而且更适合自己，因而通过几度重译《源氏物语》努力模仿学习，在《细雪》中全面采用。

到这个时候，他认为更适合自己、自己更能熟练运用的，反而是女性的声音。过去他所写的小说已经是以女性经验为主，然而多半习惯从男人的观点来表现。为了凸显女性经验，小说中的男性多半是被动的，被女人魅惑，甚至是被女人压制的。

那时候他还没弄清楚自己和女性声音之间的关系，一直到《源氏物语》开启了他，说服了他，让他形成了从"和文体"到强调"阴翳美学"的信念，自觉地离开了"汉文体"的世界，不需要再和男人式的小说挣扎，体认了声音、文体的区别，回头看自己过去作品中写出来的男人，都是像女人般的男人，带着被动、阴郁、黑暗性质的男人，生命不会是饱实的，而是充满了洞，充满了沉默。

关于《细雪》的中译本

经历了长期《源氏物语》的洗练之后，谷崎润一郎终于用自己所选择的语法、腔调与内容，与之自在地结合在一起。这也就意味着他背叛了自己的性别身份，转而以女人的声音好好地讲述女人的经验与情感。

其中意义非凡的是他必须先经历对于"和文体"自觉的重新塑造。在"和文体"的笼罩下，《细雪》中的男性角色，也都带有高度阴柔的特性，小说中唯一的例外，是鹤子的丈夫：照道理讲应该继承莳冈家的家业，却投身现代浪潮而背向、背弃传统的大姐夫，他不在"和文体"的范围中，必须以"汉文体"来呈现这个人。

稍微能够跨越语言障碍体会谷崎润一郎"和文体"的一种方式，是拿日文原版的《细雪》和你手中阅读的中文译本对照一下，翻到同一章，即使你完全不懂日文，也还是可以通过汉字写的人名找到同样的段落，然后比比看谷崎润一郎写的日文有多长，翻成了中文又是什么样的长度。应该没有例外，中文都比日文短多了，有些句子甚至会让你对照长度时吓一跳：日文那么一长串，中文怎么只剩下这么一点？是译者偷懒减省了什么内容没译出来吗？

先别急着怪译者，大部分的情况是译者省略了连绵的语气词，事实上那也是译不出来的，中文没有这样拉长说话的。而且你会发现，放在引号里的对白内容译成中文后反而长度差别不大，那些令你惊讶差别之大的句子，通常在谷崎润一郎所使用的作者声音中。那是谷崎润一郎的自觉磨炼选择，他喜欢平假名不断绵延下来制造的美感——声音与形态上的双重美感，听觉与视觉上的双重美感。

因为谷崎润一郎有如此复杂、深刻的文体观，所以对于他的作品中译，尤其是《细雪》的中文译本，无法轻易地进行评断。应该这样说吧，首先这样的文体本质上就抗拒被翻译成为中文——将刻意保持流荡不定的假名转写成一个个固定不动的汉字。将《细雪》译成中文根本上抵触了谷崎润一郎如此在意的"和文体"与"汉文体"的差异。

其次，如果将《细雪》译成很好很典型的中文，等于是将谷崎润一郎的"和文体"彻底"汉文化"，那就完全失去了他尽量不用汉字，努力塑造的阴柔、阴翳之美。典型的中文里没有这种绵延不断的语法，如果要译成通顺正统的中文，就必须先进行明确断句，将句子变短，让每一个句子有清楚的结构、清楚的含义，在行文中补充很多主词、受词，加很多逗号、句号。

这样的译本读起来比较顺，比较好读，但不见得就是好的译本，因为失去了谷崎润一郎精心费力营造的"和文体"与女性声音的风格。如果真要接近、重现谷崎润一郎的文体，就必须打破中文习惯去打造，或至少去想象一种更加绵长不断，因而带有高度不确定性的文字。

你不见得能找到用这种方式翻译的《细雪》，但你可以借由体会朝着这种方向实验的杰出中文作品来取得想象与理解的能力。我会特别推荐大家在读《细雪》之前，或在读《细雪》的同时，读王文兴的《家变》和《背海的人》，或是舞鹤的《悲伤》和《思索阿邦·卡露斯》。

他们都以拒绝依照既有中文断句的方式，尤其是刻意尽量加长句子，到达中文文法的极限，来创造新的文体，承载原本的中文无法承载的纠结情感。这种实验很不容易，经常流于只是取消了标点符号和分段，将一个个句子堆叠连在一起而已。因为中文的结构性极其强大，必须要有像王文兴或舞鹤那样的天赋与努力，才能写出中文读者读得懂，却又突破了中文断句规范的文字。

还有一个建议是在阅读《细雪》之前，先花很多时间熟读陈映真的小说，尤其是他后期从《华盛顿大楼》系列以降的作品。将《山路》《铃珰花》《赵南栋》多读几次，不只为了读故事，更为了熟悉陈映真那种由长句所形成的文体。

陈映真熟悉日文，为了描写老一代台湾人的思考与对话，他精心设计了这样一种介于中文与日文之间的语言，每一个字都是中文，但其节奏与部分字词的联结方式却是日文式的。于是即使是不懂日文的读者，也能在阅读中暂时离开习惯的中文语境，认知这些人以日语思考和对话所产生的特殊感受。

趁着对陈映真的语法印象还深刻时去读《细雪》的中文译

本，然后将你所读到的文字想象改动一下——如果在陈映真笔下，这个句子会被改写成怎样？经过这样的心灵练习，你应该会比较容易理解原本谷崎润一郎文字读起来的韵律感、节奏感，以及这种韵律感、节奏感会如何影响你的阅读感受。

阴翳角落里的雪子

《细雪》中的第七十章记录了雪子的又一趟相亲旅程，其中很重要的一段插曲是去看了萤火虫。相亲结束后，雪子要回东京大姐家，陪她去的二姐幸子则要回大阪。火车从岐阜开向名古屋，幸子和雪子都在车上打瞌睡，车厢里有一个陆军军官开始哼唱舒伯特的《小夜曲》，轻声慢唱。幸子和雪子迷迷糊糊地弄不清楚谁在唱，不知道那声音是从哪里来的，刚睡醒的人甚至不知道自己在哪里，意识中只有朦胧的歌声。

绵延的"和文体"最适合用来传递这种模糊朦胧的感觉。军官接着改哼《野玫瑰》，幸子、雪子她们看过电影，也熟悉这首歌，就忍不住轻声跟着唱了，于是车厢里原本的陌生人竟然就跟着军官一起唱歌了。军官受到鼓舞，歌声愈来愈大，然而因为一下子意识到自己像是在表演而不好意思吧，到站时匆忙下车，突然消失了，幸子姐妹甚至来不及看见他的脸长什么样子。

描述这段意外的浪漫时刻时，谷崎润一郎没有告诉我们雪子的主观感受。到后面姐妹要分手了，在火车站，雪子要搭的开往东京的车比较晚到，幸子、妙子都上车走了，剩下她一个人，她不想回东京，而且在这短短的时间中，她经历了那么多：相亲，去抓萤火虫，在车上听见军官唱歌，和姐妹分离。为了省去换车的波折，她搭了慢车去东京。在慢车上，她迷迷糊糊又睡着了。

上一次她在火车上迷糊醒来时，听见军官的歌声，这次她是朦朦胧胧地感觉有人在看她，甚至可能是因为被人盯着看而使得她从瞌睡中苏醒。为什么有人这样执着地看她？她醒来看到那个人，却要过了一会儿才想起，那是十年前曾经相亲过的对象，也是她人生中第一次相亲的对象。

那时候她二十岁，然后在这里，谷崎润一郎给了我们唯一一段雪子内心的描述。雪子对自己解释，那个人会这样盯着她看，应该是很惊讶、很意外，十年前相亲的对象，怎么会十年后几乎都没变，因而必须看得仔细些，确定真的是十年前的那个人吧！

在看起来如此顺从的雪子心中，其实有她的强烈自尊，以及一种深深的悲哀。十年就这样过去了，她还停留在相亲寻找对象的阶段，她能自我安慰的只有自己仍然年轻的外貌。然后她回头想，自己当年为什么没有选择这个人？如果选择了这个人，当然不会有现在还要去相亲的这些事了。

她想起来了。当时对这个人的印象是脏脏的、土土的，还有，很讨厌帮她安排相亲的姐夫摆出一副"都安排好了，这个人就是你丈夫了"的态度。于是她不愿意接受，甚至和姐夫有了冲突。小说之前就让我们知道当莳冈家分为"本家"和"芦屋"时，两个妹妹对姐夫有意见，所以常常不待在"本家"而跑去"芦屋"。一直到第七十章，我们才知道过程中发生了什么事。

在慢车上，雪子接着想，那个人应该不是要去东京，很少人会像她这样搭慢车长途到东京去。果然到了一个小站，那个人下车了，雪子心里就想：还好没有嫁给这个人，住在这种只有慢车才会停的小地方，伺候丈夫，帮他养小孩，那是什么样的人生？

小说名是"细雪"，写法是环绕着雪子，但呼应了"和文体"的女性声音表现方式，小说中反而最少直接呈现雪子，雪子是以一种空缺的方式存在的。绵延不断的句子中说了很多，却在过程中让人意识到有什么被遗漏了，从这份搜寻遗漏的意识中体会到原来没有直接说出来的，才是最重要的。

《细雪》的写法如同这种语言，从幸子的角度说了好多莳冈家的事，但阅读中我们却必须在这些细节里去问：有什么事是没有说的？

没有说的是雪子自身。雪子被摆放在莳冈家所有细节环绕形成的空洞里，只有在那样惊鸿一瞥的小小段落，谷崎润一郎才将雪子放出来，让我们直接看到她。火车到了东京，这一章最后一段如此收尾：

> 那一晚她十点多回到道玄坂的家，跟那个男的邂逅，
> 没跟姐夫讲，也没对姐姐讲。

在家里她就是阴翳式的存在，现在她在小说里又回到那样
的阴翳角落里了。

从耸动到感动的创作改变

《细雪》中妙子的形象比雪子清晰得多，她有轰轰烈烈的
两段感情故事。然而写板仓之死时，谷崎润一郎用了同样的挖
洞、空洞手法：突然板仓就死了，只告诉我们妙子收到邻居的
来信知道这件事。谷崎刻意节制地不去凝视、形容妙子的情绪
反应，只说了妙子去参加告别式，回来之后家人就当作什么事
都没有发生过。

板仓之死应该带来的巨大情感冲击，谷崎润一郎故意不写
在事情发生、读者会预期的时序里。然而小说接着描述妙子和
奥畑之间的关系变化，我们会知道，我们应该知道，那中间夹
了板仓之死所带来的影响，因而得以回头去设想、去理解妙子
的心情与可能的反应。

好的文学作品最能感动人的地方，往往不是呼天抢地的激烈情绪描述，而是借由低调的沉默，在阅读中像是挖出一个枯井般，让读者掉进去，然后在那里面自己去体会、去咀嚼那份伤痛，甚至绝望。

谷崎润一郎和日本传统文学有着长远、深刻的关系。一方面也是受到时代流行气氛的影响，他年轻时参与过"怪谈"的写作。那是从日本传统中找出怪诞的故事，进行现代改写。怪诞的故事容易引起读者的好奇，带来从好奇、惊讶、恐惧到恶心等激烈的反应，而现代笔法又增添了怪奇故事的心理或社会肌理，把故事提升到寓言的层次，有了更高的文学意义。

在那一代中最擅长将"怪谈"进行现代转化的，首推芥川龙之介。谷崎润一郎有《春琴抄》，川端康成也有《片腕》之类的作品，然而相较于他们后来更明确的自我风格，这些作品就不那么出色了，也远远比不上芥川在这方面的成就。

从谷崎润一郎的创作历程上看，就能明显地区分出他受到《源氏物语》磨炼改造前后的巨大差异。在"之前"，谷崎润一郎运用传统的方式是创造"耸动"；但在"之后"，他往静水深渊之处潜下去，制造出来的是"感动"。

这样的转化得来不易，需要许多外在非个人能控制的因素配合，但更需要强大的自我意志去实践，所以一直到谷崎润一郎三度翻译《源氏物语》，五十多岁时写《细雪》，这种风格才算完成，可以视为他的"晚期风格"。为了达到这样的突破，他必须在文体上认同女性，也必须彻底理解选择关西作为他的心灵故乡，内化关西腔来接近、重建"和文体"。

因为这是"晚期风格"，谷崎润一郎和同样具有柔美文风的川端康成都意识到一件事：在强调阳刚价值的军国时代，男人在老化的过程中，会愈来愈接近女性；在失去阳刚、失去力量这件事上，老人和女人是一致的。所以那样一种女性声音，何尝不同时也是老人声音？老人也是啰唆唠叨的，一开口就说一大串话停不下来，但话中没有紧实的内容，一直空空洞洞地淌流过去。

谷崎润一郎有《疯癫老人日记》，川端康成也有同样类似"疯癫老人"题材的《睡美人》，不过这方面最深刻、最值得探索的是川端康成的《山之音》——以老人面对年轻儿媳的特殊感情打造出一个丰富的阳刚退化之后却又无法理所当然阴柔的内在主观世界图像。

《细雪》对于谷崎润一郎来说是唯一之作，他将适合以"和文体"来表达的内容，集中摆放进去，以至于不仅和之前的作品风格很不一样，和之后的作品也很不一样。仿佛像是在《细雪》中用尽了这方面的蓄积题材，写完《细雪》之后，谷崎润一郎的作品就又重新染上了"怪谈"气息，虽然还是用"和文体"写，但题材上重新出现了种种怪癖与奇情。

写出《细雪》来，从一个角度看，是谷崎润一郎生命中的意外。一方面是和《源氏物语》的长期纠缠，另一方面同等重要的因素是遇见了他的第三任妻子松子。对于松子他的付出最多最深，也才得以运用松子家的背景作为《细雪》中的写实细节，如此而找到了与"和文体"形式紧密贴合的内容，成就了这样一部经典之作。

因为《细雪》的素材不是他自己的，又被写成了那么大的一部小说，于是在《细雪》中就都耗尽了。《细雪》成为他创作生命中的独特高峰，和其他作品都拉开一段不小的距离，昂然站在那里。

第四章

"阴翳观"的
写作实验

创作历程的转折点

依照谷崎润一郎的划分标准，夏目漱石的作品是属于"汉文调"的，除此之外，还受到西洋小说强烈的影响。而谷崎润一郎到后来刻意地在这两方面都走了不一样的路，自觉地要表现"和文调"，写"和文体"，并且避开西方现代小说的结构，回归日本传统松散的"物语"闲聊风格。

夏目漱石真正创作小说的时间，只有十多年，他的作品密集产生，因而没有明显的不同时期区别。那是一种爆发，是因为晚出发，似乎又预见了自己的早逝，而在短时间内将累积的小说思考与题材迫不及待地统统拿出来的创作经历。所以在短时间内，夏目漱石不只写了很多作品，而且这些作品呈现不同风格上的追求与表现，不同风格间不是逐步发展变化的，无法让我们依照时间顺序去讨论其前后关系。

从第一本小说《我是猫》一直到去世前还在写、没有完成的《明暗》，夏目漱石都还在摸索小说的种种不同写法，并未找到、确立一种自己的风格，对单一的一种风格进行琢磨精炼。

因而夏目漱石在创作中从来没有遭遇一般作者会接受的两项重要考验。第一是：如何找到并确认自己的风格，却又不被这确认下来的个人风格固定绑死，还能在风格中有自由的余裕？第二是：作品起初一定大量取材于人生经验的累积，带有高度的自传性，然而持续写下去，遇到自我体验产生的印象用完的瓶颈后，该怎么办？

夏目漱石积累了很久才开始写小说，而在他穷尽累积的观察与体验之前，也在他穷尽心中关于小说可能性的探索之前，他就因为胃病而突然离世，戛然终止了他的创作生涯。

在这方面，谷崎润一郎和夏目漱石形成强烈对比。谷崎很早开始创作，二十四岁就参与了第二次《新思潮》杂志的活动，并开始发表小说作品。他活到七十九岁才去世，前后的创作时间几乎长达五十年。

差不多是夏目漱石的四倍创作长度，于是看待谷崎润一郎的作品，就不能不予以分期了。分期当然牵涉读者、解读者、研究者的主观，没有必然的标准答案。对我来说，全面阅读谷崎润一郎的作品之后，会以一九三五年作为关键的分期转折点。

这一年谷崎润一郎开始翻译《源氏物语》。同样在这一年，他和第三任妻子——原名森田松子——结婚。这两件事情汇合在一起，改变了他的生命轨迹。

取材于生活经验的《猫与庄造与两个女人》

谷崎润一郎在晚年时写过几篇非常诚实而感人的文章，其中一篇是写和父母关系的。看了一出戏，戏中有久别不见的儿

116

子去找父亲，父亲却认不得儿子的情节，引发他一番回忆——曾经有一个冬夜，他下定决心去看父母，却不进入父母住的房子，从门外走过，从窗子透过屋里火炉的光亮，看坐在火炉边的父亲和母亲。

然后他诚实地坦白，之所以和家人之间弄得那么紧张，很大一部分原因来自他荒唐的男女关系，和许多女人有着各式各样的纠缠。

然而在和"松子夫人"结婚后，这份姻缘彻底改变了他和女人的关系。人生终结处，他选择下葬在京都法然院，事先替松子夫人留了一个旁边共葬的穴位。今天我们在那里会看到并排有两面石碑，一面写着"空"，另一面写着"寂"。

在和森田松子结婚前，谷崎润一郎有过两段婚姻，第一次是前面提过的，以和佐藤春夫"让妻"轰动文坛结束。第二次婚姻很显然是表面的结合，因为那时候谷崎润一郎已经和森田松子在一起了。两个人认识没多久，谷崎就和松子同居，因为森田不是松子的本姓，是她当时丈夫的姓，她是有夫之妇。谷崎润一郎一方面有名义上的妻子，同时又勾搭了松子，形成三角关系。

以这种方式开始，再加上谷崎润一郎之前恶名昭彰的男女关系历史，到一九三五年他和松子结婚时，没有什么人看好这段婚姻的长远前景。然而这段婚姻却长长久久延续了三十年，并且让谷崎润一郎写出了很不一样的小说。

和松子夫人婚后，他写了《猫与庄造与两个女人》。小说显然来自作者的现实经验——一个男人周旋在两个女人、一前一后两段婚姻中的故事。小说中写了"猫与庄造""猫与品子""庄造与福子"等几个不同的段落，然后用这种书名联结起来。小说中出现了"福子"这个角色，一看就知道是从谷崎润一郎过去习惯写的"恶女"形象中脱化而来的。她有强烈的意志，肉体与权力的双重欲望对男人产生了致命的吸引力，于是使得男人臣服于带有受虐倾向的关系中。

小说中有一段描写因为猫，福子将庄造捏得浑身瘀青，男人自愿受虐，将自己逼入一个愈来愈奇怪、愈来愈糟糕的境况中，甚至被福子和他自己的妈妈两个女人联手起来关在家里不能出门。

这是谷崎润一郎习惯写女人的方式，"恶女"总是充满了种种算计。符合"恶女"形象的，还包括庄造的妈妈，也是福子的姑姑，算计着要让福子将她讨厌的媳妇品子赶走，这样又能得到福子家的财产。

福子不是传统的良家妇女，年轻时就曾经闹过两次私奔事件，而且还都上了报。有这样的背景，她很难找到正常的婚姻了，于是她也算计着，认为抓住表哥是最好的选择，可以解决她当前的所有问题。

被送走的猫

小说从品子已经被赶出去成为前妻开始写起。品子特别写了一封信给取代她身份的福子，请求她将原来养的猫让给她。但这只猫和庄造相处了十年，前面六年是他还没结婚、还没有品子的时候，家里除了妈妈就是这只猫。

熟读谷崎润一郎过去作品的话，很容易了解这只猫在小说中的功能、作用。那是要显示大男人庄造多么可怜，夹在三个女人之间，他连其实和他最亲近，比这三个女人都更亲近的这一只猫都保不住。而且这只猫被从他的生命中夺走，也不是因为猫对任何一个女人更重要，不过就是这三个女人互相钩心斗角中的一个工具。在高度不平等的关系下，福子强迫庄造将猫送走，他去求母亲帮忙，母亲却也站在福子那边而不理会他的请求。

不过这本小说有和之前作品不同的突破之处，那是在于细腻地描写庄造对猫的感情：他如何喂猫、如何和猫游戏，然后回想猫如何出现在他的生命中。很精彩的一段是由庄造的眼中看到猫生产时的模样，如同一个少女变成了女人，呈现出不同的眼神，比他过去写女人写得都还要更深情、更真切。

原本在小说中为了要凸显庄造被女人欺负的工具性的猫，却成了最真实的情感对象。品子原先之所以写信给福子，也是她的算计，并不是真的为了那只猫，相反地，在四年婚姻生活中，她很讨厌同住的那只猫。品子不甘心庄造就这样被抢走了，所以她算计如果将猫要过来，那么疼猫的庄造还会来找她。而且她也算计到了福子不会喜欢有猫分掉庄造的注意，这样做既能向福子要到猫，又能为了猫的事情让福子和庄造吵架。

这样做，品子算好了，自己怎样都不会输。如果庄造坚持将猫留着，那就在福子心中留下了阴影，让她总觉得原来猫比自己对庄造更重要；如果庄造被迫将猫给了品子，那么庄造会怨恨福子，而且庄造会为了看猫而继续来找品子。

小说里福子和品子是同一种女人，典型的谷崎润一郎笔下的女人，只是她们的手腕不一样而已。然而奇特的是，当猫被从庄造身边夺走，送去品子那里后，谷崎润一郎却转而用了很大的篇幅写猫和品子之间发展出来的新关系。

品子开始有了对猫的同情。她不喜欢猫，而且在过去四年中，猫也应该能感受到，现在却被送到这样一个人家里来。猫刚到前两天的反应给了品子巨大的冲击，因为她无可避免地将自身的感受投射在猫身上，突然觉得这只猫的遭遇和自己何其相似！

都是被迫从熟悉的环境里赶出来，不只是来到了陌生的地方，而且必须过陌生的生活。更何况猫对于环境的依赖，还更胜于人，猫对自身处境更加无助，品子因而对猫产生了强烈的同情。

接下来，猫一度离家出走，后来又回来了。回来之后，猫表现了比较愿意和品子亲近的态度，于是又刺激了品子的另一阵移情作用。她转而理解了庄造为什么会和猫那么要好，在心情上她变成了庄造，那么原本从品子的失婚立场而有的种种算计，就统统不再有效，都消失了。

男人、婚姻什么的，这时候在品子心中突然丧失了原有的意义，和与猫之间真实的亲近依赖关系相比，那些都如此表面、如此虚伪。然后小说停止在这里，原先建构起来的悬疑——两个女人彼此算计会有怎样的胜负结果——不需要追述，不需要任何答案了。

《少将滋干之母》的后设性质

《猫与庄造与两个女人》在一九三六年发表，谷崎润一郎才刚和松子结婚。才刚结婚就写这样以前后两段婚姻为题材的小说，而且并未给后妻什么好形象，这也是谷崎润一郎过去习惯的"魔性"反应。不过这部小说明显处于他的创作交界处，仍然具备那种"恶魔书写"的性质，但另有一股力量在将他朝不同的方向拉过去。

他开始翻译《源氏物语》，一九四二年《源氏物语》译到一个段落，他开始写《细雪》。大战结束后，到一九四九年，《细雪》完整出版了，他又回头第二次翻译《源氏物语》。与此同时，他写了很神秘、很奇怪、很难读懂的小说《少将滋干之母》。

这书为什么难懂？因为从书名开始就藏着我们不熟悉的典故。在《源氏物语》中，紫式部一贯以和宫中、朝廷相关的头衔来称呼故事里的角色。即使是小说中的主角"源氏"或"光源氏"或"源氏之君"都没有统一的名字，随着他升官，他的称呼发生变化。

甚至当我们现在习惯地说"《源氏物语》的作者紫式部"其实也有问题，"紫式部"不是她的名字，而是她的称号。女人没有明确的名字，随着不同关系而有不同的方便称号。在日本平安时代的贵族文化中，就连男人都是如此，公共的职位、头衔才是辨识一个人、安排对待这个人的主要依据，因而称呼会不断改变。

其实在中国也有类似的现象。我们现在所认定的历史人物的名字，例如王维、白居易、张载、朱熹等，在他们的生活中几乎没有什么机会用到。小时候有小名，进学之后就要取一个"字"，长大之后又会替自己取一个或几个"号"，朋友之间互相以"字"相称，对外则是用"号"。

另外为了表示尊敬，还常常以他的官衔或甚至以他的籍贯地望来代替。杜甫叫"杜工部"，因为他当过最高的官是工部侍郎；韩愈叫"韩昌黎"，或康有为叫"康南海"，表示他们是昌黎这个地方、南海这个地方最有名的人，所以只要这样说人家就知道指的是谁。

总之，当他活着的时候，要以各种方式避开他固定的、正式的名字。要等到他死了，有足够的重要性成为历史人物，他的名字才在后世通行。

《源氏物语》最特别之处，就是那份现实感、现场感，因而所有的人都是在生活脉络中出现，他们就不会有固定的名字。

"少将"是平安时代宫中的官名，清楚指向了谷崎润一郎写作的用意。他要写的是继承"和文"传统的作品，有意识地排除西方文学对他的影响。这个时候他对于西方小说的新发展应该也没有太多的涉猎，然而却在二十世纪五十年代初就用技法写出了西方到七十年代才会成为创新风格兴起的小说。

那是"后设小说"，刻意摆脱了固定小说叙述声音，隐身在故事后面，让读者不知不觉跟着进入叙述情境的写法，将小说的虚构过程，呈现在读者面前，让读者意识到这个故事背后有一个作者，有作者的种种设计用心。

虚实交杂的伪笔记

《少将滋干之母》在形式上是一份"伪笔记"，假装是在追踪整理来自平安时代的种种文献，那些引用的文献，有些是真实存在的，有些是虚构假造的。谷崎润一郎假造了一种文体，看起来像是文人笔记，一个对平安时代很有兴趣的人对于那个时代事物的考据记录。

这位文人对于那个时代一个叫"平中"的人产生了特殊兴趣。平中是平安时代有名的好色之徒，他的行迹散落出现在不同文献里，于是文人就广为搜罗，将与平中相关的记载做了一番整理。

表面上看起来是研究平安时代的笔记，但实际上是小说，因为里面夹杂了许多虚构的部分。平中、左大臣时平是平安时代确实存在过的人，但相关的记录事迹却有很多是谷崎润一郎编造出来的。

故事结尾的一段，号称是来自一份叫"少将滋干日记"的历史文献，但这份日记是虚构的。虚实互相交杂形成既像笔记考据又像说故事的文本，使得这部作品如此特别，和过去所认定的小说样貌、小说的写作方式很不一样。

要了解《少将滋干之母》是一部什么样的作品，最好的方式是以意大利中世纪学者，也是杰出小说家的翁贝托·埃科（Umberto Eco）的作品当作参考。例如翁贝托·埃科的小说成名作《玫瑰的名字》一开头就是一份像是学者的研究前言的文字，交代解释他如何取得一份历史文献，如何失去了又不断探索寻找的过程。这段开场和后面的故事没有直接关系，作用在于让读者误认为接下来读到的确实是从十四世纪传留下来的真实手稿，而不是二十世纪的小说创作。

在《玫瑰的名字》中，翁贝托·埃科写了诸多中世纪修道院的生活细节，将命案与推理破案线索和这些生活细节紧密交织在一起，看起来就更像是当时人所做的记录，和学者数据源解说相呼应。

然而惊人的事实是，《玫瑰的名字》动用这样的"后设"技巧，写成于一九八〇年，而谷崎润一郎以类似手法写的《少将滋干之母》早了三十多年就出现了。

《少将滋干之母》以笔记形式写成，带着高度的松散任意性。从书名上看，主角好像是"滋干"或"滋干之母"，但开头却聚焦于"平中"这个人物，看起来主要又像是为了找寻、显示平中这个好色之徒的种种事迹。从这里接上了《源氏物语》以及平安时代以降的日本传统文学形式。

《源氏物语》分成一帖一帖，差不多每一帖写的就是光源氏的一段情史。将这一帖一帖连接起来，呈现出一个"好色男"的传奇。江户时代有名的作品，井原西鹤的《好色一代男》就是承袭这个传统，却将背景换到庶民生活中，角色也脱离了贵族身份，表现出介于浮世绘与春宫画之间的一种趣味。

在《源氏物语》中最特别之处在于光源氏好色，但首先他自己是美男子，是女人眼中羡慕渴欲的美色。文章中不时流露出从女人的眼中偷看光源氏之美的感受。而无论是女人看男人，或男人看女人，在那个时代的贵族环境中，都有重重阻碍，因而只能得到迷迷蒙蒙的印象。然而如此的情境与距离，却无碍于男女在阴翳黑暗中偷情。至少从《源氏物语》中看来，男女都充满偷情的强烈欲望，也有很多偷情的机会。

男人通常透过帘子看女人，和女人相处一室时女人也都藏在暗处，乃至于就算发生了肉体关系，往往都不见得真的知道女人究竟长得如何。于是审美的重点就从最平常的容颜上移开了，转而重视声音、衣着、走路的姿态，尤其重要的是写信的能力，包括信中写的和歌是否有情趣，信上的书法是什么字体、什么风格，甚至选择用了什么信纸，等等。

女人都倾慕光源氏，他的好色很容易得手，但他却常常好奇有过一次、两次，甚至多次偷情经验的女人到底长什么样子。

芥川龙之介曾经评价，和他同辈的作家中，只有谷崎润一郎是对日本古文学最熟悉且精到的一位。因为这个背景，所以他会发展出明确的"和文体"主张，会写出《阴翳礼赞》这样的书。

《阴翳礼赞》描述了日本的传统建筑所形成的空间结构，在光影配置上的特色，正在于保留，乃至于创造了许多"阴翳"之处，而且"阴翳"有其重大的美学与心理功能。在这样的环境中成长的日本人，必然会产生不同的情感方式，影响他们对于包括异性容貌与肉体在内的想象、感受。

理解《源氏物语》中如何描写"好色"，再以《阴翳礼赞》作为价值观的基础，我们才比较能够欣赏《少将滋干之母》，尤其是其中一段对于平中如何想方设法要看见和他偷情女性长相的描述。

少将滋干身份的揭露

"阴翳"两字在中文里引起的是负面的感受，谷崎润一郎却故意翻转"阴翳"为日本建筑、日本文化中最值得欣赏的特质。只有当人将自己放置在有限的光亮中，才会产生必须是由主观想象强烈介入去补足、去建构起来的印象。那就不是客观存在的美，而是个人以阴影中模糊迷蒙的轮廓意象去再造出来的独一无二的美。虽然来自自我心象的参与打造，但那个形象在阴影中产生了一种居于物我之间的特殊吸引力。

《少将滋干之母》从"好色男"平中牵到另一个平安时代确有其人的左大臣时平。左大臣是极高的官位，有很大的权力，而如此位高权重的时平也是个美男子。更进一步，在《少将滋干之母》中登场时，时平刚斗倒了他在朝中的主要政敌。被他斗倒的是个年纪比他大了将近三十岁的前辈，落得了被天皇赐死的悲惨下场。

时平年轻气盛，不可一世。通过平中的视角描述这位时平，让人印象深刻。甚至提到了他的政敌死后化为雷神要借打雷来报仇，时平竟然都有胆识对着雷神怒骂："我不管你们上面是什么情况，你敢下到人间来你的地位就不如我，你就要听我的！"

介绍时平登场后，接着记录他和平中的对话。有意思的是像时平这样一个成功的美男子，在谈话中还是忍不住表现出对平中艳遇的好奇及羡慕的态度。

时平接着向平中打听一个人——当时的大纳言国经，另外一位朝中高官的妻子。这位大纳言是个闲官，年纪很大了，快八十岁，但他的妻子竟然只有二十多岁，而且结婚后，大纳言七十四岁时妻子还生了一个小孩。

有传言说大纳言的妻子美得不得了，时平没有见过，所以向平中打听。平中敷衍地说只见过一两次，却经不起时平再三逼问，平中终于承认自己也曾和大纳言之妻偷情，她是平中的地下情人之一。

显然不只是时平，连读者都要在这过程中愈来愈羡慕能有这么多又这么奇特艳遇的平中了。然而接着剧情一转，我们看到的是时平开始刻意去巴结、拉拢老闲官大纳言。

以下将有严重剧透。

然后有了这惊人一景：过年时，左大臣亲自上门拜访大纳言，大纳言乐得将朝中权臣都找到家里来，摆出宴席。左大臣领着包括平中在内的一批人不断向大纳言敬酒，灌他酒。天晚了，左大臣表示要回家了，却看似因为醉酒而连上车都有困难，主人当然就留他住下。左大臣愈是坚持要走，大纳言就愈是坚持留客，于是左大臣就借酒口出狂言——除非大纳言用比生命更重要的东西留客……

其实在宴会中大纳言就意识到左大臣眼睛常常瞥向夫人所在的帘子后面，意图偷看，到后来愈来愈明显，几乎是一直盯着帘子了。大纳言一时冲动，就打开帘子，拉住帘后夫人的袖子，刚开始就只见得到那只袖子。大纳言对左大臣说："这就是对我比生命更重要的东西！"

时平竟然是用这种方式夺妻，让大纳言自己将妻子当作礼物奉上给他，而不是寻求偷情的机会。此时心情最为郁闷的，是平中，因为他明白：自己现在虽然能够和大纳言的夫人偷偷来往，然而这个女人一旦被时平夺走，这条路、这种机会就消失了。他感到痛苦不堪，只能写了一首和歌，在夺妻过程中，趁大纳言夫人被送进马车时，将信塞进夫人的袖子里。

平中的情人被抢走了，再也见不到，却又让他放不下，然后又发生了和另一个女人的纠葛，更加深他的挫折。

到这时候，书名中的"少将滋干"才终于登场。他登场时有点可怜、有点狼狈，他就是原来的大纳言夫人的儿子，被平中利用了。平中见不到情人，也无法通信息，在困境中想了一个办法：将他要对现在变成了左大臣夫人的情人传递的信息写在这个小孩的手臂上，那是一首和歌，然后交代小孩在见到妈妈时将衣袖拉起来，显现出那首和歌来。

滋干见到了妈妈，照着平中的吩咐做了，妈妈看完他手上的和歌，将原来的句子洗掉，写上一首新的和歌作为对平中的答复。滋干成了平中和情人间的秘密信差。

滋干要见到妈妈其实也没那么容易，他和被夺走妻子的老爸爸住在一起，而且这个老人承受了很大的痛苦。小说中写到老爸爸不太理滋干，滋干却对爸爸很好奇，因为爸爸可以连续好几天打坐，动都不动。真的可以这样都不动吗？滋干忍不住在夜里去偷窥，却发现爸爸起身走了出去，儿子就跟踪在后，爸爸竟然走到了一片乱葬岗，从地底下挖出一具腐烂的女尸，在月光下身体里的内脏都露出来了，连爬在上面一只一只的虫都看得清清楚楚。

爸爸像是专程到那里去盯着这既恐怖又恶心的画面看。然后突然爸爸转过身，原来他早知道儿子跟来了。他要儿子也过去看，世间所有的女人不过就是如此，一副臭皮囊，没有什么值得留恋的。

这一景反而表现出大纳言最深切的痛苦，他仍然迷恋那个年轻的妻子，痛苦到无法忍受，只能用如此激烈的方式来减轻思念与依赖。

到了小说快结束时，才引用了少将滋干的日记，显示在漫长时间中滋干都见不到妈妈，等到妈妈也老了，出家进入佛寺，左大臣也去世了，他才在一个荒芜的环境中再见到妈妈。

笔记式的小说并没有明确的主题，也没有明确的主角，虽然取名为"少将滋干之母"，但叙述视角不断流动转变，没有停留在任何人、任何关系上。

《梦之浮桥》的起点与终点

我们可以这样理解《细雪》到《少将滋干之母》的创作轨迹：更早思考、撰写《阴翳礼赞》时，谷崎润一郎已经开始寻找日本传统美学的特性。《源氏物语》启发了他对于这份美学来源的掌握，于是在《细雪》中他设计了一种非西方小说的方式来写当前的日本题材。以西方小说形式规范来看，《细雪》最大的特色或说最大的问题在于缺乏明确的情节，没有戏剧性的推动力。唯一戏剧性的事件，只有大水后板仓之死，但如此单一事件绝对不足以支撑那么长的一部小说。

《细雪》描述的是众多生活上的细节，而不是关注西方小说所依赖的叙事动能。《猫与庄造与两个女人》中福子两次私奔，都闹到上报，看起来和《细雪》中的妙子很像，是妙子的原型。不过比对一九三六年时写福子，一九四六年、一九四七年时写妙子，我们可以清楚看出谷崎润一郎的变化——福子仍然是"恶魔"概念下的产物，是一个欺负男人的强势女人，用来彰显像庄造这样被欺负的男人；但到了写《细雪》时，他给了妙子同情的骨肉，把她建立成了一个立体的人物。

妙子会做出和奥畑私奔而上报的事，但重点是之后她的生命还要再延续下去。谷崎润一郎继续记录了她和奥畑的感情纠结，到后来经历板仓之死，再到怀孕引出另一个男人。她是一个有欲望、追求自由的女人，无法忍受被"本家"及其他条件约束，是很真实的一个女人，不是恶魔，也和恶魔的恶性无关。

再到《少将滋干之母》，是从形式到内容都更进一步向日本传统写作倾斜。谷崎润一郎刻意以笔记为外表框架，写出彻底逆反西方小说的作品，却没想到误打误撞，今天看来却像是二三十年之后在西方流行起来的"后设小说"的先驱。

谷崎润一郎和《源氏物语》的纠缠还持续着，他用了更长的时间，在一九六四年完成、出版第三个译本。在这过程中，一九五九年，他发表了小说《梦之浮桥》，标题直接取自《源氏物语》的第五十四帖。

小说开头先是一份手稿，上面是读完《源氏物语》最后一帖"梦之浮桥"之后写的一首和歌。故事则开始于疑惑这份手稿究竟是谁写的：是叙事者的生母写的，还是他的父亲写的？

从这里引出叙事者的特殊身世遭遇。五岁的时候他生母便去世了，以至于他对生母的记忆很模糊，印象也不深。父亲后来娶了继母，又刻意地要将他对于生母的记忆和对于后母的混淆。后母进门后他用前妻的名字来称呼新妻子，又让儿子恢复原先和母亲一起睡的习惯，去和后母睡在一起。他本来吃母奶，后母进门后也让他吃奶，一直吃到长大。

这种做法甚至极端到，后母生下了一个弟弟，都被他父亲送走，不要弟弟来影响后母对前妻留下的这个儿子的爱与关照。弟弟被送走时他已经长大了，他很在意，还曾经费心去找，才发现父亲惊人的决心，并不是将弟弟送到亲戚家，而是送到很远的地方去。

父亲去世前跟他交代两件事。第一，要用父亲对待母亲的方式对待母亲。第二，要娶妻，而娶妻不是为了自己而娶，是为了要服侍母亲。经历了父亲的葬礼到他自己的婚礼，却发现亲戚愈来愈疏远。他纳闷了一阵子，后来得知了令人震惊的原因。

原来亲戚间盛传被送走的小孩不是父亲和后母生的，而是他和后母乱伦的结果。到这里，小说正式联结上了《源氏物语》。

"阴翳"关系的深刻凝视

《源氏物语》中光源氏有数不清的情人，不过他最为深情投注的对象，却是他父亲桐壶天皇的妃子藤壶宫。他和名分上应该是后母的藤壶有乱伦关系，甚至还生下了一个儿子，后来这个儿子继承了大位成为天皇。这是贯串《源氏物语》众多零散情史故事底下的一个惊人的秘密。

更让人印象深刻的是《源氏物语》的写法。这部庞大的"物语"作品开场时，光源氏和藤壶偷情乱伦的事就已经发生了，因而产生如此奇特的对比。多少光源氏的露水姻缘都在书中详细记载，偏偏是对他来说最不一样、最难忘、最主要的一场恋情没有现场、当下的描写，他如何爱上藤壶，如何和藤壶接近，如何使得藤壶怀孕，都只有在事过境迁的发展与回忆中，朦朦胧胧地呈现。

从《源氏物语》的呈现方式看，光源氏的其他情感都放在明处，最重要的一段则在"阴翳"暗影中。正因为最重要，所以放在"阴翳"中；也可以倒过来看，必须放在"阴翳"中才能凸显它和其他可以明白描述的情史间的绝对差异。

用这种方式书写，反而让遥远平安时代的爱情带上了一种现代性。光源氏是精神分析的案例，他把最深刻、最强烈的感情投注在禁忌的对象上，在压抑中，他只能寻找替代对象，而替代的对象永远和那禁忌的、不能接近的不可能有同等的吸引力，于是他不断流转在不同女人身上，为了寻求那永远得不到满足的禁忌之爱。投射的替代品愈多，他对那个禁忌对象的执迷与依赖就愈深，如此形成恶性循环。

谷崎润一郎用《梦之浮桥》明白指涉《源氏物语》中的这份"阴翳"情感。小说中的叙事者同样必须压抑和后母之间的感情，以至于到后来连他以第一人称呈现的叙述都让读者不能照单全收。我们不知道、不确定他是不是真的和后母曾经有过不能说，连对自己都不能承认的乱伦之爱。

《梦之浮桥》中后母后来被毒蜈蚣咬死了，而叙事者强烈怀疑毒蜈蚣是他妻子的谋杀工具。怀疑后母被妻子毒杀了，他再也无法忍受和妻子在一起，两人分开了，他去将弟弟接回来，而他对待弟弟的方式，完全就是一个爸爸对儿子的照顾抚养。

到这个时候，《源氏物语》已经彻底进入谷崎润一郎的生命，改变了他对感情、家庭乃至于小说创作的看法。和松子夫人进到他生活中之前相比，他变成了另一个人——一个执迷于"阴翳"的人，一个对于人间"阴翳"关系的深刻凝视者。

"阴翳"之处我们看不清楚，却不是因此就可以不看，或不能看。"阴翳"应该有被看待、被感受、被关照、被表现的特殊方式。谷崎润一郎在这方面认真努力地探索着。

从"奇情"到"阴翳"

从《猫与庄造与两个女人》开始，谷崎润一郎从原来的"奇情"走出来，逐渐走向真情，并且进行其独特"阴翳观"的写作实验。《细雪》是这过程中攀升的最高峰，他将"阴翳书写"的原则在这部作品中推到淋漓尽致，将适合摆放到这种"阴翳"视野中的材料都用进去了，以至于写完《细雪》之后，他又面临了一次创作的瓶颈。

写《梦之浮桥》时谷崎润一郎已经进入晚年，作品中出现了长大的儿子去喝母奶的描述，他似乎又回到了早先的"奇情"手法上，试着将"奇情"和"阴翳"予以结合。

我自己认为谷崎润一郎的创作中有一段最为光耀的时刻，即从娶了松子夫人，起笔翻译《源氏物语》并写《猫与庄造与两个女人》开始，到一九六〇年他第三次翻译《源氏物语》为止。《源氏物语》和松子夫人的家族故事能提供给他的能量逐渐耗光了，所以到了《梦之浮桥》这个光耀的阶段也就结束了。

谷崎润一郎三次翻译《源氏物语》本身是很大的成就，但那不单纯是翻译工作，就像村上春树翻译钱德勒或卡佛，其中有更强烈、更深刻的创作意义。谷崎润一郎最好的作品，都是在他翻译《源氏物语》的过程中同时写出来的。翻译《源氏物语》之前他写的是另一种小说，等到第三次译完《源氏物语》，不可能再继续翻译《源氏物语》了，他的小说又倒退回年轻时候的那种比较夸张奇情的风格。

无论是在想象力的运用，或小说技法的难度上，谷崎润一郎前后期的作品，都远远不及中期。他在日本近代文学史上的作用，因而也就是将受到西方强烈影响的明治、大正时期的文风，大力地朝日本传统扭转。加入了由《源氏物语》所代表的传统元素，而得以写出比"自然主义"与"私小说"的主流更丰富、更有创意的日本小说——具备日本美学特色与日本精神的小说。

谷崎有一种精神性的敏感，来自日本传统的叙事与文体，来自他自己摸索出的美学意识。这样的精神性敏感，我们也会在芥川龙之介的作品中感受到。不过芥川龙之介以更风格化的方式刻意挑逗这份敏感，有意识地将日本传统中的精神敏感和现代性的精神混乱结合在一起。芥川龙之介的个人风格因而比谷崎润一郎更强烈，更在意于创造一种独特的现代性语法，以他的语法给日本读者、日本文坛带来强烈震撼的冲击。

第五章

独一无二的
京都精神

消失中的京都精神

在台北"诚品讲堂"讲夏目漱石与谷崎润一郎的作品时，我刚好又在樱花季之前去了一趟京都，很自然地就想起《细雪》中描写赏樱的那一段，难免将小说所描述的和我眼前亲见的，进行对比。

过去二十年间，我已经算不出来到过京都多少次了，基本上每年都一定会去一两次，作为生活中最奢侈的调剂。不过那一次去京都，有很不一样的心情，必须让自己先做好一番有点悲壮的心理准备。

之所以喜欢京都，之所以一再"回到"京都，正因为这些年在经历台湾翻天覆地的大变化时，特别感受到京都相反的特性。对很多像我们这样的人来说，京都很神奇，提供了一种稀有的安心力量，让你感觉到有一些美好的事物可以抗拒潮流，可以不陷入现实庸俗，一直存在，不会变质，不会败坏。

然而这些年京都在改变，而且不是朝好的方向改变。京都有了愈来愈多的观光客，不只是愈来愈拥挤，而且观光客自身形成了一个现象，常常硬生生地横插在原有的美好不变的京都经验中。

连京都都无法保持不变了。我必须承认这个事实，并且用不同的方式来面对与处理这个事实。过去处理的方式很简单，我所知道的京都够大，可以让我轻易地躲开观光客，不必然要在樱花季或枫叶季去造访京都，即使是观光旺季去了，我都还是可以找到像樱花季的金戒光明寺或枫叶季的无邻庵等许多观光客不会到的地方，安静游逛。

然而因为这样的态度，我女儿有了很怪很扭曲的京都经验。从她有记忆以来到过京都很多次，可是跟同学、朋友聊天时，她的京都体验却和别人对不上。别人必然聊到清水寺、二年坂、金阁寺、银阁寺……她都没有什么印象，因为那些都是我认定观光客人挤人的景点，而尽量避免不去的。

这样不对吧！所以那次我下了决心，不管有多少观光客，不管会是什么样的景况，我都还是该带着女儿再去造访一次这些热门景点。先做好了准备，在记忆中的庭园、建筑、历史印迹上试着叠影满满的观光人潮，去除原先沉静的听觉气氛，添加上必然吵闹不已的各种人声。

而且做好心理准备，绝对不要忍不住对女儿发出那种讨人厌的感慨之语——"啊，这里以前如何如何""啊，有什么什么你现在再也看不到了"。

我以为自己做了足够的准备，然而重新跨入银阁寺时，就有一个景象让我打破了自己的禁令，还是发了感慨。那是一个很小很小的细节，在银阁寺的庭院里，步道上用一块简单的石板搭在窄窄的流水上，让人可以走过去。但是现在为了应付众多的观光客，原本的石板两端被用水泥垫高了，又在石板上加盖木板，木板上又搭上扶手栏杆。

我忍不住告诉女儿，希望她在自己的心灵之眼上做一番减法，还原现在不可能再见到的那方简单、纯朴的石板，认知那看似如此简单、纯朴的石板，其形状是如何巧妙地与整个地与水的关系融合在一起。在那里，就在那摆着石板的地方，显现着银阁寺庭院的根本美学精神。

现在消失不见了。

清水寺的和服体验团

还有更恐怖的经验在清水寺等着我。从清水道走上去，我早有会遇到拥挤人群的预期，然而我真的没有想到会看到那样奇怪的人。一堆一堆、一群一群穿上日本传统服装的观光客。他们身上穿的是廉价布料做成的、介于浴袍与和服间的古怪衣服，手上挂着摇摇晃晃的传统提包，脚上穿着显然让他们不知该如何走路的夹脚鞋。

真是怪到了极点。那原本是日本文化中用来彰显女性姿态之美的衣装，此刻突然穿在完全没有办法驾驭这些特殊衣着的人身上，反而凸显了他们身体的笨拙与粗鄙。那非但不是美，反而变成了一种不自知的恶形炫耀。衣服是廉价的、粗俗的，衣服和身体动作两相不搭，让人看起来更是不舒服。

"What an eyesore（真是眼中钉）！"我忍不住在心中惊呼着，更让我心情低落的是，从迎面而来听得到的话语，我知道这些大部分都是台湾人。原来这是台湾观光团的新流行，让观光客"体验"日本传统服饰，让大家可以留下穿和服的特别照片。

这真是我没有预期、没有防备的。这些人开开心心想的，是自己可以拍下什么样的照片传到社交平台上炫耀，他们完全没有想到的，是自己显现在外面的到底是什么模样，在别人眼中究竟呈现了什么。他们无法察觉自己穿了什么，应该如何配合衣服、配合这衣服背后的美学动作，他们更没有意识到自己的模样和附近的环境形成了什么样的关系。说得更明白些，他们竟然可以完全没有意识到：特别跑来京都观赏美景，却让自己成了破坏美景的一大成分！

根本的问题，就是无心认知京都之所以为京都的美学意义，也无心要在京都领受除了在京都就领受不到的一种日本式全景精致季节环境之美。京都不是理所当然就存在了，就形成了如此特别的美的城市，这中间要有多少贯彻贯通的美学意识进入所有人的生活中，在他们的日常生活里实践显现。

读《细雪》就能理解，在京都，"花见"是重要的大事，有着重要大事必然带来的种种考虑。他们明确地意识到去看樱花的同时，自己也会进入别人的眼中，成为"花见"现象中的一部分，因而必须选择最艳丽、在颜色花样上能够搭配盛开樱花景致的和服，而且往往是最正式最华丽的"振袖"。穿上了如此优雅的衣装，必定有配合衣装的、带有特殊韵律的动作，介于动与不动之间的一种姿态。人成为花季环境中的一部分，小心翼翼，非但不能破坏花季之美，还要在人与自然的呼应中，增添众人眼中的美的知觉。

古老与永恒的差异

京都是"古都"，然而京都给人的感觉，不是古老，而是更接近永恒。

古老和永恒的差别在哪里？雅典，甚至罗马很古老。去到雅典的卫城，或罗马的竞技场，你会惊呼：哇，这么古老的历史遗留，我们好像走进了两千多年前的世界里。但同时你明白这是遗迹，和两千多年前活在这里的人所经历的、所感受的不一样。尤其是雅典卫城，其建筑雕刻最美的一部分，早被移到伦敦的大英博物馆里了。那是古老。而且从卫城走下来，你一下子就感觉到周围环境和那庞大历史遗迹之间，有着极其强烈的时间差。

而京都最迷人的是众多的寺庙，然而走进寺庙，却不会带来通过时光隧道的感觉。例如要去大德寺，先经过一排宁静不起眼的小屋，里面卖的是不知多少年没有改变过的纳豆或精进料理，然后走过停车场，进了大门，是一条石板步道，然后一点一点，各个塔头院落才逐渐在路上出现。

这时候你不会记挂着这是九世纪的平安时代还是十六世纪的丰臣秀吉时代，更不会特别意识到我们自己处于二十一世纪，从而要算一下，我们跟这个环境有多远的时光差距。

能够有这样的环境，必须依赖住在京都的人都有一份自觉或不自觉的美学责任感。懂得体会并珍惜自己活在这么美的环境中，要让自己对得起、配得起这样的美，自己的穿着与行动能够融入其中，最好能增添景观之美，至少绝对不予以破坏。

我们作为访客，被这份美好吸引了，不是也该同样感染如此的责任担当，随时意识到不要成为破坏的因素？不只是不能在墙上、石上粗暴刻写"某某某到此一游"，而且不要让自己的视觉或听觉和环境格格不入，自觉了解是不是因为多了你，而使得原本的景观减损了秩序与美。

在那一趟的京都旅途中，还发生了另外一些让我深为感慨的事。我刻意选了樱花盛开前的日子，以便避开人潮，但真不知道为什么，即使是那个时间，京都路上都还有那么多观光客，而且占最大比例的，应该就是台湾人。

去到平安神宫，好多一听说话声音（说得很大声，连想不要听见都很难）就知道是台湾人的观光客在拍照。然而走进"神苑"却极其安静，不是因为大家进来这美好精致的庭园就静下来了，而是里面几乎完全没有人。那么多来到平安神宫的台湾人，为的就是在门口的大广场上拍"到此一游"照，而对神苑全无兴趣？如果不能欣赏庭园，对庭园没有一种强烈的情感，到底来京都做什么啊？

像是要用最戏剧性的方式回答我的这个问题，走完神苑刚出去，就听到一个人用闽南语高声对同伴说："没有叶子也没有花，要进去看什么！"显然，这个人完全不知道日本人强烈的季节感，不了解京都庭园尤其是神苑的四季安排，他们只知道要追枫叶或追樱花那种壮观的景象，那还是委屈他们来到京都了。

茑屋书店与诚品书店

在神苑里，我指引女儿看许多植物底下会有的牌子，提醒她那不只是介绍植物品种的，牌子上的文字大部分都摘自《源氏物语》或日本传统和歌集，设计者用这种方式，将这座庭院和平安时代的环境联系起来。

因为女儿好奇，我就选了其中几块我读起来比较有把握的内容翻译给她听。没多久，就发现有一对年轻男女，很有礼貌地一直维持在几步之外，却坚持跟着我们。我回头向他们点头致意，年轻男生很兴奋地问我们是中国人吗，他又问我："你们懂日文啊？"我说我懂一点。他就又很兴奋地问："我们可不可以跟着你们一下？因为你们在说的，我们很感兴趣啊！"

虽然这让我有点不自在，但很难说不啊，本来就没有权利不准人家走在听得到我说话的范围之内吧。我也不愿意因为有他们跟着所以就不对女儿解释、讨论神苑的设计、规划，每一区试图要表现的，还有每一区之间的视觉美学呼应，到最后豁然开朗的水上亭阁制造出的空间感，人和自然在一个开阔的空间里一起呼吸，一起经历时间。

他们一直跟着，慢慢习惯了，也会偶尔问些问题，并且闲聊着让我知道了他们来自上海，男女朋友第一次一起到海外旅行，选择了京都自由行。两个人有很好的英语能力，但显然过去对于日本与日本文化很不熟悉。

走出神苑，我跟他们道别，顺口问了一声："接下来要去哪里？"男生腼腆地说，还不知道，女生就反问我们要去哪里。我诚实地说我们要先到旁边的茑屋书店休息一下。因为他们完全不懂日语，当然没有理由要去书店，但男生还是问了一句：这书店有什么特别的吗？

这我不能不诚实地说，不只是茑屋书店被称为日本最美的书店，而且我对茑屋书店的来历有确切的了解。这家连锁企业原本在日本叫"Tsutaya"，是最大的录像带和 CD 出租店，很大但是没有什么特色，提供的就是方便的服务。在网络时代，这个行业逐渐受到威胁，显然必须寻求转型时，Tsutaya 的经营者有一次到台湾参访，去了诚品书店，大受震撼感动。他立即敏锐地感觉到：日本没有这种书店，而日本应该要有这种书店。

于是回日本之后，他以 Tsutaya 的汉字名字"茑屋"成立了新品牌，非常用心，包括多次到台湾向诚品的吴清友先生及其团队请教取经，然后在东京代官山开了第一家"茑屋书店"，用完全不同于传统日本书店的方式注重空间美感，立即声名大噪，所以也才有机会拓展店面到京都，而且是开在平安神宫对面的特殊地段上。

如此说完，他们就又兴致勃勃地跟着我们进到书店。我没有再特别招呼他们，逛了逛书店，就往上走，去楼上的餐厅坐下来喝咖啡。一会儿，那一对上海的男女朋友从楼梯探出头来，看到我，脸上满是松了一口气的光亮。还是很客气很礼貌地过来问，可不可以请我们喝咖啡表示感谢。我没有让他们请喝咖啡，但邀请他们过来坐一起喝咖啡。

当然又问到了接下来的行程。我建议他们可以从平安神宫的大鸟居下走过去，直直走，穿过东山三条，就能一路经青莲院、知恩院进入圆山公园和八阪神社。但他们又问我们要去哪里。我诚实地说，我们到京都太多次了，不会都去热闹的景点，接下来要去的是一个很小很小的景点，叫无邻庵，一般观光客不会去的。

真的，他们查了手上的中文和英文导游书，都没有查到无邻庵。但他们表现得那么热切好奇，我只好跟他们说无邻庵的来历，顺便解释我安排今天行程的用意。

日式庭院的艺术

无邻庵是明治维新重臣山县有朋在京都的住所。在日本历史上有特殊的重要性，因为一九〇四年爆发的"日俄战争"基本上就是在无邻庵开始的。和这么一个欧洲大国发生严重冲突，对日本政府来说是空前的大事，于是当时真正有决策权力的重臣们，特别离开了纷扰的东京，齐聚在山县有朋的京都寓所，决定了和俄国开战的方针。

这是个历史现场，从这里联系到明治维新时代的分期，日俄战争一方面将日本抬高到欧洲国家都不能忽视的国际地位上，另一方面又将日本国内情况拉到了"明治后期"，许多累积的问题在日俄战争之后再也无法隐藏，纷纷浮现。

无邻庵是我们这天下午连续拜访的第三个景点。先是看了圆山公园大樱花树对面的公众流水庭院，然后去了平安神宫的神苑，再到无邻庵。将这三个地方串接在一起的，是小川治兵卫。三个地方的庭院都出于这位名设计师之手。

然而这三座庭院的状况又很不一样。平安神宫的神苑保存得最好，几乎和小川当年设计、刚完工时没有两样，充分显现了他的意念、巧思。然而无邻庵的庭院不只比神苑小得多，并且在缺乏经费的情况下，呈现奇特的现状。

我知道很多台湾观光客去到京都，因为不愿"额外"支付"拜观费"，所以对很多寺庙或故居都选择只在门口拍照。这是我最不能理解、不能同意的一种做法。京都之美重点中的重点在于随时保存良好的众多庭院，那是日本美学生活，联结到综合艺术表现的核心，去京都最不能省、最不该省的就是那区区几百日元的"拜观费"啊！

像无邻庵，我那次去发现入园费涨价了。涨多少？从原先一个人四百日元涨到四百一十日元！只收你四百一十日元，所以你应该很能体谅。无邻庵的庭院从右边进去，到达庭院最里面，你不能绕到左边去，只能循原路回来。因为只有右半边维持着小川治兵卫设计的原状，左半边则呈现半荒废的模样。

然而那却是能够让我们认知、学习日本庭院设计原理的最佳教室。展开在眼前的，是小川设计前和设计后的两种景观。于是你就能具体了解小川如何运用改造水流，如何选择植物，如何安排人行步道与步行中所见的景致。这是平常参观任何庭院时都得不到的一种特殊对比视角。

借由连续拜访三个小川治兵卫设计的庭院，我希望让女儿感受到作品背后那个人的某种强大的艺术人格力量。他取得了最高的皇家信任委托，承担神苑的设计与建造，也在政界有了像山县有朋这样有力的支持者，将京都寓所也交给他设计。然而他最自豪的，却是设计、完成了今天绝大部分观光客根本不会留下印象，完全对外免费的圆山公园公众庭院。

这块许多人蓦然走过的地方反映了小川的理想，他不想只将那么精巧的庭院之美给皇家、重臣享受，抱持着当时新兴的大众教育概念，他贯彻文明"公园"的价值，要给予不论阶层、不论收入高低的京都市民，同样体会细致景观的机会。

从近乎完美的神苑，到部分还原小川设计构想过程的无邻庵，我们更能够想象当时他用了什么样的方式设计、建构公众庭院，因为那件他奉献给京都市民的艺术品现在已经不再是那么回事了。

那两位上海来的年轻人，又跟着我们去了无邻庵，听了我关于小川治兵卫的这番说明。

拒绝米其林推荐的京都老店

走完无邻庵，天也快要黑了，再下来就是晚餐时间了。从无邻庵出来时，我顺便指着巷子外的建筑，告诉两位年轻人，那是京都知名的料亭，甚至在谷崎润一郎的《细雪》中都出现过的"瓢亭"。

上海女生很兴奋地就想要去"瓢亭"用餐。我赶紧告诉他们，那不是可以就这样走进去的餐厅，必须至少一星期前，遇到旺季时甚至要几个月前先预订。他们有点失望，又问了我们的安排，我们那天订了在西阵的一家熟悉的店，去京都一定会去的，叫"万重"。"万重"的西阵本店当然也必须先预订，不过"万重"另外在京都车站的地下室有分店，卖比较简单却绝对不马虎的便当，如果他们有兴趣可以去试试看。

聊着的过程中，上海女生从网络上查到了"瓢亭"，惊呼："那是米其林三星啊！"接着又一连串惊呼，说京都有多少家三星、多少家二星，整座城市总共有多少星星。

这是我不知道的京都。我知道的是和《米其林指南》有不同关系的另一个京都。像是我自己最熟的"万重"，当年最早米其林要做京都餐厅评鉴时，他们就联合了十几家老店，很低调却又很坚决地发了一个声明，表示他们不希望米其林将他们放入评鉴考虑之中，请米其林的评鉴员不要来。后来米其林仍然给了包括"万重"在内的几家老店星级评价，但他们就很简单地完全忽略，绝对不在任何地方显示米其林星级评价。

别人趋之若鹜努力争取，这些京都老店却避之唯恐不及，太矫情了吧！不，他们拒绝米其林是有非常坚实的信念与道理的。

这就要讲到我在京都的另一个经验了。有一次去京都，意外地发现一位香港的朋友刚巧在同样的时间也正在京都旅行。我们就相约找一个晚上在京都见面。这位朋友选了一家在木屋町的餐厅，怕不好找，就约了先在五条木屋町口碰面再一起走过去。

开心地见了面，他解释选的这家餐厅是米其林一星，店很小，座位不多，他几次想去却很难订到两人位子，这次因为和我们一家合在一起，所以订到六人大房间，终于可以去到了。

走进木屋町，我正要跟他说这里有一家我们常来的小店，就发现原来他订位的就是那家店！我们进门，结果来迎接我们的，竟然是一个讲中文的女生，原来是香港朋友用英语订位时他们特别贴心问了客人习惯使用的语言，做了特别的安排。

不过我们进了房间，女主人过来打招呼，认出我们一家是熟客，立即改叫店里资深的、和我们相识的服务生，还一直道歉表示不知道是我们要来。因为认识，用餐过程中也就和服务生有些互动闲聊。

我用有限的日语尽量合宜客气地向服务生表示：我之前竟然都不知道他们这家店是米其林一星啊！听到我的话，当时服务生本来正在桌边处理大鸡锅，立即将勺子拿起，谨慎庄重地摆放好，然后对我行礼并说："おねがいします（拜托了）。"为什么要如此严正地拜托，拜托什么呢？

她拜托我们忘掉"米其林一星"这件事，因为他们希望每个来店里的客人都能够不受影响地品味他们的食物与服务，还有，米其林给了他们很大的困扰，吸引来了很多新客人，往往让原先的老客人因此而订不到位子，他们一直为之深深过意不去啊！

这是京都餐厅的服务生，这是京都餐厅看待米其林的角度。接下来，资深服务生又说了一段让我很感动的话，她说："如果我们做对了什么，就是我们对了；如果我们做错了什么，也是我们错了，不会因为'米其林一星'而使得错的变成对的，或对的变成错的啊！"

话中有一种特殊的精神，一种"自慢"（骄傲）。要成为有品位的餐厅，必须有清楚的自身标准，知道自己在做什么、为什么做，而米其林的评鉴员不知道、不了解不同餐厅的自我标准，用他们自己的那一套来评量，意义何在呢？这些餐厅要追求的，毋宁说是那些理解并认同他们标准的老客人的享受与赞赏。

女性独有的京都精神

那天晚上，拗不过两位上海年轻人的热情，后来我们决定动用熟客的特权，带他们一起去西阵的"万重"本店用餐。跟女主人致歉说明后，她很热情地表示没问题，只是可能要多等几分钟让她来安排。我先进去上厕所，发现有一个较大的可以容纳六人的房间空着，也就很放心地假定我们应该没有造成人家太大的困扰。

不过在入口处却坐着等了将近十分钟，女主人好几次进进出出忙碌着。她再度出现时我忍不住问她：不是有一间空房吗？不能让我们进去？

女主人正色答复我：那空着的房间是他们的藤花房，现在不是季节。因应季节她要安排我们坐到椿花房里，在那里可以欣赏夜里打光盛开的山茶花，那才是对待熟客的方式啊！

这又是京都老店的讲究。在不同的季节里，不同的房间有不同的排行顺序，每个房间面对庭院里不同的景致，而房间里的摆设与墙上的字画、瓶里插的花都是仔细配合的。

我所领略的京都，那样的细致讲究，和谷崎润一郎的《细雪》真的有很密切的关系。谷崎润一郎重要的创作背景，是从《源氏物语》而来的平安时代贵族生活气氛。从公元八世纪末开始，后来经历了室町时代，度过了战国纷乱，再到德川幕府的长期统一，这样的一种文化美学态度，竟然不绝如缕、持续存在，而且从原本的贵族阶层渗透到一般的庶民生活意识中，至少是关西人的生活意识中。

看起来如此细致纤弱的文化，却在历史中明确地显示了其强韧的性质。京都清水寺、金阁寺、银阁寺、岚山的竹林道，现在被观光客肆虐到近乎面目全非了，然而京都还有大德寺、二尊院、清凉寺等等众多观光客不会去，没有耐心与品味体会其美好的地方，还是会一直在的。像高台寺这样热门的观光景点，他们却也必然保留了对面刻意维持冷清的别院，在那里只对少数有心的客人展示精巧的庭院以及特殊的屏风画作品。

这样的文化力量，甚至也会保留在大阪商人莳冈家中，那就是《细雪》要示范、表现的一个主题，而且主要是保留在这家庭里的女人身上。《细雪》故事部分的原型来自谷崎润一郎第三任妻子的家族，他们家里有五个女儿，但那贯串的强烈精神毋宁说是从《源氏物语》中继承下来的。

谷崎润一郎要在小说中呈现平安时代遗留的这种贵族美感文化，不是由父系，即父亲传给儿子，这样传下来的。如此对于美感的细腻追求与保存，只能以女性为中心。女性才是这种贵族文化能够传留下来的主要因素，以至于到了现代，在滔滔巨大变化浪潮的袭击下，一些女性或自愿或被迫地，不得不挺身成为这套文化美学意识的保卫者。

像一直到现在，我会在京都遇到的餐厅或旅馆的女主人、女服务生，她们那种态度背后有着传统文化美学的支撑，才能显现得如此优雅却又坚定。

谷崎润一郎年表

1886 年	出生	出生在东京，为家中长男。
1894 年	8 岁	明治东京地震，成为受灾户，自此恐惧地震。
1908 年	22 岁	进入东京帝国大学就读文学专业。
1910 年	24 岁	参与第二次《新思潮》杂志的活动，发表短篇小说《刺青》《麒麟》。同年辍学。
1915 年	29 岁	与石川千代结婚，为其第一段婚姻。来年长女鲇子出生。
1918 年	32 岁	前往朝鲜与中国旅行。发表短篇小说《小小王国》。
1919 年	33 岁	父亲过世，迁居东京都本乡区后又搬家至神奈川县小田原，与佐藤春夫开始密切交往。
1921 年	35 岁	与佐藤春夫发生轰动文坛的"小田原事件"。佐藤见谷崎有了外遇而冷落妻子千代，自己却又爱上朋友之妻，进而向谷崎提出让妻要求。谷崎答应后却又反悔，两人因此交恶，佐藤远走他乡。
1923 年	37 岁	关东大地震，移居关西。而后陆续又搬了将近二十次家。
1924 年	38 岁	发表长篇小说《痴人之爱》。

1927 年	41 岁	芥川龙之介撰写了一篇文章讨论以情节为主的小说是"不可取的小说",并引谷崎润一郎为例,两人因此发生论战。同年芥川龙之介自杀身亡。
1930 年	44 岁	与第一任妻子千代离婚,千代改嫁佐藤春夫。三人于《朝日新闻》共同发表公开信说明,"让妻事件"震撼文坛。
1931 年	45 岁	与古川丁未子结婚。同时恋上森田松子。
1933 年	47 岁	与丁未子分居,发表中篇小说《春琴抄》、随笔集《阴翳礼赞》。
1934 年	48 岁	与第二任妻子丁未子离婚。发表《文章读本》。
1935 年	49 岁	与森田松子结婚,为其第三段婚姻。同年开始翻译《源氏物语》,于1941年发表。
1936 年	50 岁	发表《猫与庄造与两个女人》。
1943 年	57 岁	于《中央公论》杂志上开始连载《细雪》(上卷),却遭查禁。
1948 年	62 岁	完成《细雪》(下卷)。
1949 年	63 岁	正式完整出版《细雪》,以此作获得每日出版文化赏及朝日文化赏,同年获颁日本文化勋章。开始发表《少将滋干之母》。
1951 年	65 岁	发表第二度翻译《源氏物语》的《谷崎新译〈源氏物语〉》。
1956 年	70 岁	发表中篇小说《钥匙》。

1959 年 73 岁	发表小说《梦之浮桥》。
1960 年 74 岁	获得诺贝尔文学奖提名。
1961 年 75 岁	发表长篇小说《疯癫老人日记》，而后以此作获得每日艺术大赏（1963 年）。
1964 年 78 岁	发表第三度翻译《源氏物语》的《谷崎新新译〈源氏物语〉》。
1965 年 79 岁	因肾病辞世。